# RONJA

# ODINS TOCHTER

# WIKINGER-

# KÖNIGIN

© 2021, christine Stutz
Herstellung und Verlag: BoD – Books on Demand,
Norderstedt
ISBN: 9783755776178

# PROLOG

Halver schlich heimlich um das Haus. Mit seinen gerade mal 7 Jahren war er sehr wissbegierig. Mehr als seine Freunde. Irgendetwas ging im Haus des Häuptlings Ulme vor sich. Das wusste er genau.

„Häuptling Ulme. Das Kind wurde geboren" Die alte Hebamme grunzte wütend. „Es ist ein Mädchen. Ein Mädchen mit Feuerkopf" sagte die Frau grimmig. Sie war mehr als enttäuscht, einem Mädchen auf die Welt geholfen zu haben. Das kränkte ihre Ehre. Das konnte Halver deutlich heraushören.

„Ein Mädchen! Es ist dein erstes Kind. Und du weißt, was das bedeutet, Häuptling." Sagte der Älteste des Dorfes schwer. Ulme erhob sich und trat ins Zimmer, wo seine Frau und seine neugeborene Tochter lagen. Lange sah er auf das

Kind herunter. Dann nickte er. Er musste es tun. Er nahm eine dicke Decke und wickelte das Kind ein. Dann nahm er seine Jacke und verließ mit dem Kind, das Haus.

Halver folgte dem großen Mann, den er so sehr bewunderte. Anders als seinen Vater, den er fürchtete. Ebenso fürchtete, wie seinen großen Bruder Gunther, der ihn zu jeder Tageszeit quälte. Gunther war nur zwei Jahre älter als der schmächtige Halver. Doch war Gunther fast doppelt so schwer und groß. Und seine Gewaltbereitschaft stand der, des Vaters, in nichts nach.

Ulme ging schwer in den Wald und weiter, tief hinein. Ohne zu Grüßen oder sich umzusehen. Halver folgte dem Mann und erschrak, als Ulme das kleine Bündel nun liebevoll auf einer Lichtung niederlegte. Schnell versteckte er sich.

„Mein geliebtes Kind. Ich muss dich hierlassen. Ich werde dich den Göttern opfern, so wie es Brauch ist in unserer Gemeinde. In zwei Tagen werde ich wiederkommen, um zu sehen, wie die Götter entschieden haben." Sagte der Häuptling nun leise und küsste das Baby auf die Stirn. „Ich hoffe, die Götter sind uns gnädig. Du bist mein erstes Kind. Ich habe mich so auf dich gefreut." Tränen liefen dem Mann über die Wange, die er schnell wegwischte, als Schritte zu hören waren. Niemand durfte ihn weinen sehen.

„Die Götter werden dein Opfer annehmen. Du wirst sehen. Was willst du mit einem Mädchen? Dein nächstes Kind wird ein strammer Junge sein. So war es bei mir auch. Sieh dir Gunther an. Ich opferte meine erstgeborene Tochter und die Götter schenkten mir den stärksten Jungen des Dorfes." Sagte Halvers Vater stolz. Er war Ulme gefolgt. Zum Glück hatte er seinen Sohn nicht entdeckt.

Halver schluckte tief. Er war sehr verwundert! Er hatte eine große Schwester gehabt? Sein Vater hatte seine große Schwester geopfert? Das passte zu dem groben, herzlosen Mann, der sich sein Vater nannte! Halver schluckte tief. Und jetzt sollte das kleine Wesen dort auf dem Waldboden ebenfalls sterben? Was hatte das kleine Baby getan, dass es den Tod verdiente?

Die Männer entfernten sich, Ulme stockte im Gang, so als wollte er zurückkommen. Doch dann folgte er dem anderen Mann. Halver hörte die dröhnende Stimme seines Vaters noch lange. Vorsichtig kam der Junge aus seinem Versteck und hob das kleine Mädchen auf. Es fror. Halver öffnete seine Felljacke und schob das Bündel darunter. Er würde nicht zulassen, dass das Mädchen starb, starb wie seine Schwester, die er nie kennenlernen durfte. Er setzte sich unter einen Baum und sah auf das kleine Mädchen, das bereits jetzt einen feuerroten Haarflaum hatte, herunter. Er würde die zwei Tage auf das Kind aufpassen. Im Dorf würde ihn keiner vermissen. Halver versteckte sich oft vor der Brutalität seines großen Bruders, der ihn jeden Tag zusammenschlug, um ihn abzuhärten, wie

Gunther es nannte. Doch Halver wusste, Gunther schlug aus lauter Lust an den Schmerzen anderer.

Das Kind begann zu weinen, es hatte Hunger. Halver kannte das von seiner Mutter, die fast jedes Jahr ein Kind zur Welt brachte. Kaum war sie aus der Stillzeit heraus, da wohnte Vater ihr in aller Brutalität bei und ließ erst von seiner Mutter ab, wenn sie wieder Leben unter dem Herzen trug. Seinen Vater interessierte es dann nie, welche Uhrzeit es war. Zu oft war Halver Zeuge des brutalen Aktes geworden. Ruhe hatte seine Mutter nur, wenn Vater auf Fahrt gewesen war.

Das Kind weinte nun lauter, es würde wilde Tiere anlocken. Halver versuchte es zu beruhigen, umsonst. Er seufzte. Er kannte das Gefühl von Hunger. Im Winter, wenn die Nahrung knapp war, war es nur Gunther, der immer genug zu essen bekam, die anderen mussten zusehen, wie ihr großer Bruder genüsslich seine Speisen verzerrte und ihnen anderen, oft lachend, die abgenagten Knochen zuwarf.

Plötzlich wurde Halver von zwei Wölfen umkreist. Die Tiere hatten das Kind gehört und waren nun auf Beute aus. Halver schluckte angsterfüllt. Sollte er ihnen das Kind überlassen und flüchten? Oder sollte er versuchen zu kämpfen? Doch da würde er keine Chance haben. Er war zu klein, zu schmächtig.

Unschlüssig überlegte er, als das kleinere Tier, die Wölfin näher kam und ihn vorsichtig anstupste. Halver schrak heftig zusammen. Ihre gelben Augen nahmen das kleine Bündel gefangen, das sich in seinen Armen rührte. Halver wagte nicht, sich zu rühren. Dann legte die Wölfin sich auf den Boden und hielt Halver ihre Milchleiste entgegen, der große Wolf knurrte gefährlich. Halver legte das Bündel auf den Boden zur Wölfin und sah mit ungläubigem Blick, wie das Tier dem Baby Nahrung gab. Die Wölfin zog das Mädchen näher zu sich und das Baby begann gierig zu trinken. Dann erhob sie sich wieder und schüttelte sich. „Ein Zeichen der Götter" flüsterte Halver. Er war sich sicher. Der große Wolf musste Odin sein und der kleine seine Gefährtin Freya. Die Götter beschützten das Kind!

Halver nahm das Baby wieder an sich und schob es unter seine Jacke. Die Wölfe blieben auf der Lichtung. Der große, massige Wolf umstrich die Lichtung, markierte sie und knurrte, wenn sich etwas nähern wollte. Die Wölfin schmiegte sich an Halver, um ihn und das Baby zu wärmen.

Irgendwann schlief Halver ein. Sicher beschützt von den Wölfen, die die zwei Tage blieben, das Kind nährten und sie beide bewachten.

1. Kapitel

Zwanzig Jahre später

„Vaters Schiff ist auf dem Weg zu uns. In etwa zwei Stunden wird er hier sein" Ich stand an der Klippe und hielt mir die Hand über die Augen, um die Sonne abzublenden. Dann beobachtete ich die Möwen, die weit hinaus aufs Meer flogen.

„Woher willst du das denn nun schon wieder wissen? Haben dir das deine Geister gesagt?" Fragte eine amüsierte Stimme hinter mir. Ich wusste auch so, ohne mich umzudrehen, dass Halver hinter mir stehen geblieben war. Ich lächelte beruhigt. Ich wusste, Halver glaubte ebenso wenig an Geister, wie ich es tat. Leider waren wir beiden die einzigen damit in unserer kleinen Gemeinde. Sie alle fürchteten sich vor Hexen, Flüchen und Geistern. Am meisten fürchteten sie den großen Geist des Waldes. Ich verzog amüsiert mein Gesicht. Welch dummes Volk.

„Schau, die Möwen" sagte ich lächelnd. Es war das erste Mal heute, dass jemand mit mir sprach. Ich hob meine Hand und wies auf die Möwen, die nun, nur noch klein am Horizont zu sehen waren. „Sie fliegen aufs Meer. Sie wissen, dass sich dort ein Schiff nähert, wo sie sich ausruhen können. Sonst würden sie nie um diese Tageszeit, soweit hinaus fliegen." Erklärte ich geduldig. Halver kam nun näher und lachte. „Sie kommen doch bereits zurück, also kein Schiff!" widersprach er mir. Doch ich schüttelte entschieden meinen Kopf. „Das sind nur die Jungtiere, die ihren Eltern folgen wollten. Ihnen fehlt noch die Kraft." Sagte ich und lächelte mild. „Du solltest die große Glocke läuten. Es nähert sich definitiv ein Schiff." Ich hob meine Hand und wies nun auf den Horizont. Ein kleiner Schatten erschien dort und wurde zusehends größer.

„Du bist mir wirklich unheimlich, Mädchen" sagte Halver gutmütig. Er ging zur großen Glocke, die etwas abseits stand und läutete sie kräftig. Jetzt wusste jeder im Dorf, dass es Neuigkeiten gab. Halver läutete dreimal, das bedeutet, ein Schiff kam in unseren Hafen.

„Die Glocke. Eine gute Idee deines Vaters. So weiß jeder Bescheid", sagte Halver. „Man kann sie bis zum Wald hören" sagte er und wurde leicht rot. Ich wusste was er meinte. Die Glocke warnte ihn, wenn er sich mit anderen Frauen traf.

Er kam wieder zu mir und sah dem Schiff entgegen. Vorsichtig sah er sich um, dann legte er seine große, starke Hand auf meine Schulter. Sanft massierte er meine Schulter. Ich genoss es sichtlich. „Oder war es deine Idee? So wie alle anderen deines Vaters?" fragte er leise und schmunzelte, als ich schwieg. Vater war der Häuptling unserer Gemeinde, die drei Dörfer umfasste. Vater war groß und stark, ein guter Mann. Er hatte meine Mutter geliebt und war stolz auf mich, seine kluge Tochter. Natürlich hatte er sich immer einen Sohn gewünscht. So wie jeder Wikinger!

Leider blieb Vater dies verwehrt. Ich blieb sein einziges Kind.

Söhne waren wertvoll, Töchter nur ein lästiges Übel. Nur für eine Sache gut. Den Mann zu bedienen und befriedigen. Ich hatte, als Neugeborenes, allerdings die zwei Schicksalstage überlebt. Eine Tatsache, die mir den Ruf einer Wald Hexe eingebracht hatte. Man glaubte, ich sei mit den Göttern im Bunde. Odins Tochter, so nannten mich die Dorfbewohner heimlich, wenn sie der Meinung waren, ich könne sie nicht hören.

Ich warf meinen roten Haarzopf in den Nacken und seufzte jetzt. „Ich werde dann mal gehen und Elenora vorwarnen. Wenn Gunther heimkommt, wird er ausgehungert sein." Sagte ich wütend. Halver nickte und ließ mich los. „Die arme Frau. Gunther wird sie wieder richtig rannehmen und er ist alles andere als rücksichtsvoll dabei" stimmte er finster hinzu. Halver hasste Gunther, das wusste ich. Beide hatten sie damals, vor einem Jahr, um Elenora gefreit. Halver hatte Elenora geliebt, und sie ihn. Beide hatten sich oft im Wald getroffen und heftige Küsse ausgetauscht. Und kaum war Elenora alt genug gewesen, hatte Halver um ihre Hand angehalten.

Doch Gunther, größer und stärker, hatte sie von Elenoras Vater zugesprochen bekommen. Gunther galt als Nachfolger meines Vaters. Elenora wäre dann Oberfrau in unserer Gemeinde. Das hatte ihr Vater natürlich bedacht. Gunther war der stärkste Mann in unserem Dorf. Er war ebenso groß und breit, wie er brutal und dumm war. Wenn er die Gemeinde führen sollte, sah ich dunkle Zeiten auf uns zukommen.

„Er nimmt sie, egal ob sie bereit oder Willens ist! Er bohrt sich mit seiner Größe in sie, ohne dass sie bereit ist, ihn aufzunehmen. Elenora wird wieder reißen und wund sein. Ich werde ihr schon mal meine Paste anrühren." Antwortete ich bitter. Halver nickte grunzend. Er hatte Elenora geliebt, tat dies wahrscheinlich immer noch. Ein schmerzhafter Stich ging durch mein Herz. Das zu wissen, tat so furchtbar weh. Doch das durfte ich dem Mann neben mir nicht spüren lassen. Für

Halver war ich nur eine kleine Freundin. Eine Freundin, die sonst keine Freunde hatte hier im Dorf. Die Frauen machten auf dem Dorfplatz einen großen Bogen um mich und tratschten heimlich über mich, wenn ich wieder mal, allein, in den Wald ging. Doch Nachts, wenn es dunkel wurde, kamen alle zu mir, um sich Medizin oder Ratschläge von  mir zu holen. Vielen von ihnen hatte ich schon das Leben gerettet, wenn es einer Geburt Komplikationen gegeben hatte. Doch keine der Frauen würde mich in aller Öffentlichkeit ansprechen oder sich mit mir sehen lassen. Da war Halver der einzige. Halver sprach gern mit mir. Er hatte mir seinen Kummer über Elenora anvertraut. Er wusste, ich schwieg. Wir durften uns allerdings nicht öffentlich unterhalten, Halver war unverheiratet, ebenso wie ich. Für Halver war das kein Problem. Ich war jedoch schon 20 Jahre und damit weit über das Alter, indem die Mädchen unserer Gemeinde geheiratet wurden. Elenora war gerade mal 18 gewesen, als Gunther sie sich in sein Haus geholt hatte. Elenora war das schönste Mädchen im Dorf, es war also kein Wunder gewesen, dass die Männer um sie gebuhlt hatten. Um mich hatte keiner gefreit. Mit meiner Größe, meinen feuerroten Haaren und meiner fast knabenhaften Figur, war ich nicht wirklich attraktiv für unsere Männer. Aber es war mir auch sehr recht gewesen. Ich wollte keinen Mann, der mir vorschrieb, was ich zu denken und zu tun hatte. Ich wollte nicht das Bett mit einem Mann teilen müssen, der mich verachten würde. Wieder ging mein Blick zu Halver und ich unterdrückte ein Seufzen. Dann setzte ich ein Lächeln auf. „Du suchst in letzter Zeit oft meine Gesellschaft, Halver. Dir muss mächtig langweilig sein." Sagte ich nun. Halver lächelte und strich mir schnell über den Rücken, ein Schauer lief mir über den Körper. Das war nur eine freundschaftliche Geste, das wusste ich. Leider nur zu gut.

„Ich mag halt deine Gesellschaft" sagte er jetzt. „Es sind wenigstens kluge Gespräche." Sagte er. Ich lächelte. Wir waren fast am Dorf. „Ich denke einfach, den verheirateten Frauen wird es langsam zu kalt, um in den Wald zu gehen. Und Pilze wachsen auch keine mehr." Antwortete ich. Ein stummer Schrei der Verzweiflung war in meiner Kehle, als Halver nun hochrot anlief.

Lauter Jubel war vom Dorf zu hören. Jetzt hatten sie also auch Vaters Schiff entdeckt, dachte ich schmunzelnd. Alle würden sich nun im Hafen einfinden.

„Ich muss ins Dorf. Beim Entladen helfen" sagte Halver. Er strich mir liebevoll über die Schulter , zog an meinem Haarzopf und ging. Lächelnd sah ich ihm nach. Ich wusste, Halver war neugierig auf die Berichte der Männer, die von einer langen Fahrt wieder Heim kehrten. Er wäre zu gerne wieder mitgefahren. Doch die Runen- Würfel waren diesmal gegen ihn gewesen.

Vater hatte bestimmt, dass immer zehn Männer in den Dörfern blieben mussten, um sie zu beschützen. Das war meine Idee gewesen. Ich war 13 Jahre gewesen, als unser Dorf, ohne männlichen Schutz, angegriffen und geplündert worden war. Unsere alten Krieger waren der Überzahl machtlos entgegengetreten. Ich hatte mir die Kinder geschnappt und war mit ihnen in den Wald geflüchtet. Damit hatte ich vielen das Leben gerettet. Die Schreie der gefolterten und geschändeten Frauen waren bis zu unserem Versteck gedrungen. Daraufhin hatte Vater bestimmt, dass immer zehn junge, kräftige Männer im Dorf zu bleiben hatten. Diesmal hatte es Halver getroffen. Ich schmunzelte, ich hatte die Runen-Würfel so manipuliert, dass Halver hierbleiben musste. Aber das durfte mein Freund nie erfahren. Es reichte mir, mir Sorgen, um Vater machen zu müssen. Ich wollte mir nicht auch noch Sorgen um Halver machen müssen. Ich würde es nicht überleben, wenn das Schiff ohne einen von ihnen Heim kam.

Ich wandte mich ebenfalls ab und ging den Weg zum Dorf zurück. Ich schritt durch das große, schwere Tor. Ebenfalls mein Vorschlag. Die Männer, die nicht mit auf Fahrt gingen, hatten auf Befehl von Vater eine hohe, dicke Mauer um unser Dorf gebaut. Ein riesiges Tor riegelte das Dorf von der Außenwelt ab. Vom Landweg aus, konnte uns nun niemand mehr spontan angreifen. Und auch im Hafen hatte ich Vater überall Fallen aufbauen lassen. Sollten feindselige Schiffe anlegen, würden sie mit einem einzigen Pfeil in Flammen aufgehen.

Alle Dorfbewohner bewunderten meinen Vater für seine Ideen und seine Neuerungen. Niemand, außer Halver, wusste, dass ich hinter all diesen Dingen steckte. Und das war gut so. Es durfte nie herauskommen, dass es eine Frau war, die dem Dorf mit ihren Erfindungen Schutz und den Wohlstand brachte. Es würde niemand verstehen. Eine Frau war in den Augen der Männer hier dumm und zu nichts zu gebrauchen.

Eine Frau war nicht in der Lage, selbstständig zu denken.

ccccccccccccccccccccccccccccccccccccccccccccccccccccccccccccccccccccccccccccc

Das Schiff hatte gerade festgemacht, als ich am Hafen ankam. Vater stand, wie immer, groß und stark am Bug und winkte stolz. Graue Strähnen durchzogen sein schwarzes Haar und doch war er immer noch der stärkste Mann für mich. Ich liebte den Mann, der mich großgezogen hatte. Jetzt hatte er mich entdeckt und winkte noch etwas stärker. Ich hob meine Hand und winkte zurück.

Jetzt erschien Gunther am Bug. Er schlug Vater hart auf den Rücken. Mein Vater flog nach vorn und wäre fast vom Schiff gefallen, zwischen Steg und Bug. Er konnte sich gerade noch fangen. Gunther lachte, doch ich wusste. Es war pure Absicht gewesen! Gunther war nun 29 Jahre alt und wollte nicht länger darauf warten, meinen Vater abzulösen. Doch solange die Gemeinde Vater als ihren Häuptling anerkannte, war er machtlos. Gunther hatte es bereits dreimal versucht, Vater abwählen zu lassen, doch vergebens. Die Gemeinde wusste, seit Vater ging es ihr so gut wie nie. Deshalb akzeptierten die Menschen auch mich, die Wald Hexe, Odins Tochter. Das merkwürdige Mädchen. Das einzige Wesen, dass die zwei Tage überlebt hatte.

ccccccccccccccccccccccccccccccccccccccccccccccccccccccccccccccccccccccccccccccc

„Es war wieder schlimm, Tochter" sagte mein Vater. Er saß am Feuer und hielt mir seine Hand hin, die ich ergriff. Ich liebte meinen Vater. Was hatte ich ihn vermisst. Jetzt war ich nur noch glücklich.

Halver hatte sich zu uns gesellt. Heimlich war er in unser Haus gekommen, als es dunkel geworden war. Die anderen Männer saßen um diese Zeit im großen Gemeindehaus und ließen sich volllaufen. Viel Met und Geschichten, die sich irgendwann wiederholten. Halver hatte sich davongeschlichen, um meinen Vater zu sprechen. Ich holte Vaters Rasierzeug hervor und machte mich daran, Halvers zerzausten Bart zu schneiden. Das tat ich so oft Halver uns besuchte. Ich liebte es, seinen Bart in Form zu bringen. Halver ließ es gutmütig über sich ergehen.

„Wir waren drüben bei dem Inselvolk. Wir hielten Handel mit einem kleinen Dorf. Felle und Tran gegen Stoffe und Werkzeuge. Die Verhandlungen liefen gut. Der Dorfälteste war ein netter Mann, der uns Wein und Speisen anbot. Gunther und seine Freunde jedoch warteten nur auf eine gute Gelegenheit. Sie fielen über das friedliche Volk her. Sie plünderten und schändeten die Frauen, Mädchen. Sie töteten die Männer, die sich nicht wehren konnten gegen die Brutalität meiner Männer." Ulme schluckte tief. „So hatte ich das nicht geplant. Ich hoffte wirklich auf friedlichen

Handel. Gunther entscheidet immer öfter über meinen Kopf hinweg. Keiner der Männer hört auf mich, wenn Gunther befiehlt! Fast täglich muss ich um mein Leben fürchten." Erzählte Vater. Er grinste, als er mir zusah. Ich flocht jetzt die Enden von Halvers Bart zu zwei Zöpfen. So war es hier im Dorf Brauch. Vater nickte zufrieden und reichte Halver einen Spiegel. „Du siehst wieder gut aus, Junge. Du wirst wieder reihenweise die Herzen brechen" sagte Vater. Ich schloss schmerzerfüllt meine Augen, um die Tränen zurückzuhalten.

Dann erhob Vater sich. „Gunther hat das brutale Gemüt deines Vaters geerbt, Halver. Du kommst, Odin sei Dank, nach deiner Mutter. Sie war eine sanfte Frau. Ich würde mir nicht so große Sorgen um die Gemeinde machen, wenn du mein Nachfolger werden würdest" sagte Ulme schwer. Wieder drückte er meine Hand. Ich wusste, Vater machte sich Sorgen um meine Zukunft. Wenn Gunther Häuptling wurde, erbte dieser mich. Ich würde dann seine Zweitfrau werden. Ich schüttelte mich angewidert. „Um mich mache dir keine Sorgen Vater" sagte ich mild. „Mein Weg ist mir vorgegeben." Machte ich Vater Mut.

„Ich werde auf Ronja achten, Häuptling" versprach nun auch Halver. „Ich werde sie schützen." Er verstummte, als ein leises Klopfen an der Tür zu hören war. Ich machte Halver ein Zeichen und der Mann versteckte sich in Vaters Zimmer, als ich vorsichtig die Tür öffnete. Ich wollte nicht, dass es zu Gerede kam. Der Tratsch im Dorf konnte tödlich sein.

Elenoras Mutter stand davor.

„Ronja, Ulmes Tochter, bitte, vergib mir die Störung. Aber Elenora braucht dringend deine Hilfe. Gunther kam heute Nachhause und ist brutal über sie hergefallen! Er war wütend, weil sie immer noch kein Kind trägt. Er hat gebrüllt, weil das Haus noch immer so dreckig und unordentlich ist. Elenora schafft es einfach nicht, aufzuräumen und zu putzen." Sagte die Mutter entschuldigend. „Er hat sie hart rangenommen und mit Schlägen zum Gehorsam gezwungen. Sie blutet zwischen den Beinen, es sieht schlimm aus." Sagte die Frau hastig. Ich griff mir meine Tasche, nickte Vater zu und folgte der Frau. Ich wusste, Gunther saß jetzt im Gemeindehaus und prahlte mit seinen Eroberungen. Ich hasste den Mann.

ccccccccccccccccccccccccccccccccccccccccccccccccccccccccccccccccccccccccccccccccccccc

**Halver lehnte an der Wand, als ich Gunthers** Haus zwei Stunden später verließ. Er hatte Wache gehalten, um mich zu warnen, sollte sein brutaler Bruder auftauchen. „Schlimm?" fragte er nur, als ich schwieg. Statt einer Antwort weinte ich leise. Halver reichte mir ein Tuch und ich wischte mir das Gesicht. „Elenora hat noch Glück gehabt. Sie ist nicht gerissen diesmal, aber er hat sie innerlich verletzt. Sie trug ein Kind, von dem sie aber nichts wusste. Es ging ihr ab, als Gunther sie vergewaltigte. Er hat sie wieder gestoßen und geschlagen, Elenora hatte keine Chance gegen ihn!" erklärte ich bitter. „Jedes Mal, wenn Gunther auf Fahrt geht, betet Elenora zu Odin, dass das Schiff ohne ihn wiederkehrt. Doch jedes Mal werden ihre Gebete nicht erhört!" fluchte ich leise. Halver schwieg betroffen. Auch ich schwieg. Gunther war vier Monate auf Fahrt gewesen. Das Kind, das Elenora verloren hatte, war erst wenige Wochen alt gewesen. Zu klein, um von Gunther gewesen zu sein. Ob Halver etwas damit zu tun gehabt hatte? Ich seufzte, es ging mich absolut nichts an. Also schwieg ich weiter.

Einige, betrunkene, Männer kamen nun aus dem Gemeindehaus. Unter ihnen Gunther. Halver verschwand in den Schatten. Es durfte uns niemand zusammen sehen, das Gerede wäre tödlich.

„Seht mal Männer, unsere Hexe. Sie schleicht mal wieder durch das Dorf. Was ist es diesmal? Hast du jemanden verflucht?" fragte Gunther. Er blieb vor mir stehen und versperrte mir den Weg. „Ich komme gerade von deiner armen Frau! Sie verlor

ihr Kind, weil du sie so brutal genommen hast"
schrie ich den Mann an. Es war mir eigentlich
nicht erlaubt, einen Mann so anzuschreien, doch
das war mir in diesem Moment egal. Einen
Moment war Gunther sprachlos. Dann hob er
seine Hand, um mich zu schlagen. „Lass deine
Hände von meiner Frau, Hexe! Du hast sie
verflucht! Elenora sollte williger sein, dann
brauch ich nicht streng werden! Doch du
vergiftest ihre Gedanken!" schrie mich der
betrunkene Mann an. Die anderen Männer
grölten zustimmend. „Du bohrst dich in ihren
kleinen Körper! Ohne Rücksicht ob sie bereit ist!
Du verletzt sie, wie soll sie dabei willig sein. Alles
was Elenora empfindet sind Schmerzen!" schrie
ich zurück. Gunthers Hand traf mich hart. Ich
taumelte einige Schritte zurück. „Vielleicht sollte
ich dir mal zeigen, was Gehorsam und Befriedigen
heißt, Weib!" schrie Gunther. Er grinste seine
Männer an. „Wenn der Alte stirbt, gehört die
Hexe ja eh mir, warum also warten!" Er griff
meinen Arm und zerrte mich den Weg hinunter in

den Wald. Ich schrie , doch keiner der anderen Männer kam mir zu Hilfe. Sie alle hatten Angst vor Gunther.

Halver folgte uns. Er würde mir helfen, auch wenn er mein großes Mundwerk verfluchte. Ich hatte seinen brutalen Bruder gereizt. Doch Halver würde mir helfen, dass wusste ich. Ich wusste, er überlegte fieberhaft, wie er seinen Bruder davon abhalten konnte, mich zu vergewaltigen.

Doch ich brauchte keine Hilfe von Halver. Noch während Gunther mich in den Wald zog, griff ich in meine Rocktasche und holte eine kleine Muschel hervor, in die ich nun blies. Kein Ton war zu hören. Doch ich wusste, Hilfe war unterwegs.

ccccccccccccccccccccccccccccccccccccccccccccccccccccccccccccccccccc

Gunther warf mich auf den Boden und starrte auf mich herab. „Ich bin schon lange auf dich scharf, Feuerkopf. Du mit deinem langen Haar, deiner Figur und deinem Temperament! Jetzt gehörst du mir! Niemand kann dir noch helfen. Und wenn ich erst einmal begattet habe, muss dein Vater dich mir geben. Dann habe ich zwei Hühner, um sie täglich zu besteigen." Sagte Gunther wollüstig. „Und ich habe meinem Bruder auch die zweite Frau gestohlen!" sagte er dreckig grinsend. Ich hatte keine Ahnung, was Gunther mit dem Spruch meinte.

Er öffnete seine Hose und ließ mich sein erigiertes Glied sehen. Ja, es war wirklich groß, kein Wunder, das Elenora jedes Mal so große Schmerzen hatte. „Mach die Beine breit, Weib. Tue es oder ich werde dich schlagen!" drohte Gunther. Er kniete sich nun zu mir herunter und riss an meinem Kleid. Halver wollte gerade aus seinem Versteck kommen, um sich auf seinen brutalen Bruder zu werfen, als aus dem Gebüsch ein riesiger Wolf sprang und sich auf Gunther stürzte. Der Wolf warf den massigen Mann mühelos um, stand auf dessen Brust und seine Zähne waren an Gunthers Kehle.

Ich erhob mich und klopfte den Dreck aus meinem Kleid. Dann warf ich meinen Zopf in den

Nacken. „Was wolltest du noch sagen Gunther? Spreche dich aus. Mein Freund hört dir gerne zu!" sagte ich. Gunthers Hand versuchte, das Messer vom Riemen zu ziehen. „Das würde ich sein lassen. Donners Rudel ist in den Büschen. Verletzt du mich oder Donner, wirst du unseren Ausflug hier nicht überleben" Ich lächelte bitter. „Dein Leben hängt an mir, brutales Schwein. Ein Wink meiner Hand und Donner zerfetzt dir deine Kehle. Ich werde Donner befehlen, dich laufen zu lassen. Er soll keine Menschen töten. Doch erzählst du Lügen über diesen Abend oder muss ich noch ein einziges Mal bei dir zu Hause auftauchen, weil du Elenora Gewalt angetan hast, werde ich Donner befehlen, dich aufzulauern. Siehe dich vor, Schwein. Donner ist ein Odin-Tier. Er ist ein Nachfahre aus Odins Gefolge!" sagte ich bitter. „Odin sandte ihn mir zu meinem Schutz!" Ich hob meine Hand und der Wolf ließ von Gunther ab. Der Mann erhob sich vorsichtig. „Jetzt geh. Und denke daran. Du hörst ihn nicht, du siehst ihn nicht. Aber Donner ist immer dort, wo ich bin!" drohte ich dem Mann.

Gunther wollte noch etwas sagen, doch Donner knurrte. Fluchend ging Gunther, einen Moment später hörte ich ihn durch den Wald rennen. Ich kniete mich zu dem riesigen Wolf und kraulte ihm liebevoll die Ohren. „Danke, Freund" sagte ich leise.

Halver kam aus seinem Versteck. Sofort sprang Donner herum und knurrte Halver gefährlich an. Halver ging zurück, der Wolf ging ihn fast bis zur Brust. „Ist das der kleine Welpe, dem du damals das Leben gerettet hast?" fragte Halver ungläubig. Immer noch hielt er Abstand von Donner. Ich nickte. „Das ist Donner. Ich habe ihn großgezogen. Trotz Vaters Verbot. Er hatte mir befohlen, den kleinen Wolf zurück in den Wald zu bringen. Doch seine Familie war ausgerottet worden. Er hatte niemanden, also versteckte ich ihn und brachte ihm Milch und später Fleisch. Es war mein Geheimnis, nun ja, bis eben." Sagte ich leise. Halver erinnerte sich an die Geschichte.

Ich war damals 12 Jahre gewesen. Ich hatte mir gerne Männerhosen angezogen und war durch den Wald gestreift. Auf einem dieser Streifzüge war ich auf ein Wolfsrudel gestoßen. Alle Tiere waren tot, nur ein kleiner Welpe lebte noch. Ich hatte sie mit Nachhause gebracht. Dort hatte ich den Wolf wie einen Schatz gehütet. Bis mein Vater heimgekommen war und befahl, das Tier wieder in den Wald zu bringen.

Halver sah auf das riesige Tier und schluckte. Anscheinend hatte ich meinem Vater damals nicht gehorcht. Was für ein Glück. Jetzt stand der Wolf hier, hatte mich vor der Brutalität seines Bruders gerettet.

„Deshalb kannst du also ohne Sorgen allein in den Wald gehen, Mädchen" sagte Halver jetzt und versuchte ein Grinsen. Donner kam jetzt zu mir. Der Wolf hatte beschlossen, dass Halver keine Gefahr darstellte. Der Wolf stupste mich an und verschwand wieder im Wald. Er heulte laut. Andere Tiere antworteten.

„Donner ist mein Freund. Der zweite" sagte ich nachdenklich. Ich reichte Halver die Hand. „Danke, dass du mich retten wolltest. Aber Gunther hätte dich umgebracht. Er sieht sich bereits als Häuptling und mich als sein Eigentum" sagte ich bitter. Halver nickte und drückte kurz meine Hand. „Was willst du tun, wenn es soweit ist?" fragte er mich und ich schluckte tief. Ich musste heiraten, bevor Gunther sein Ziel erreicht hatte. Doch der Mann, den ich nehmen würde, liebte eine andere Frau. Ich unterdrückte meine Tränen. „Ich werde das Dorf und die Gemeinde verlassen. Ich werde weggehen." Sagte ich entschlossen. Eigentlich hielt mich nur noch mein Vater hier. „Alleine? Als Frau?" fragte mich Halver verärgert. Ich nickte. „Ich bin eine gute Heilerin und Beraterin. Das haben die Fremen im letzten Jahr erkannt und mir angeboten, bei ihnen zu leben." Erklärte ich Halver. Der Mann verzog nun sein Gesicht, während wir durch den Wald zum

Dorf zurückgingen. „Deshalb hast du mit dem Häuptling der Fremen gesprochen auf dem letzten Markttag" erinnerte Halver sich nun. Ich nickte. „Der Häuptling bot Vater viel Gold für mich. Der Mann wollte mich unbedingt! Er würde mich zu einer seiner Frauen machen. Ich hätte dann dort einen guten Stand." Erklärte ich Halver, der unwillig seinen Mund verzog. „Der Kerl hat doch bereits drei Frauen, wenn ich mich richtig erinnere." Sagte er wütend. Ich lachte. „Na und, umso mehr lässt er mich dann in Ruhe. Und wenn nicht, habe ich da Ein, zwei Mittelchen, die ihn schlafen lassen."

„Das war jetzt ein Scherz, oder? Man würde dich nie das Dorf verlassen lassen. Du bist eine Frau und so Eigentum der Gemeinde" sagte Halver grimmig. Unerklärlicherweise wurde er wütend. „So wie dein Vater dich nicht mehr schützen kann, wird man dich verheiraten., oder schlimmer, als Zweitfrau zu irgendeinem Mann geben!" Er grunzte. „Du solltest dir einen Mann suchen, bevor es zu spät ist, Mädchen" sagte er finster. Ich lachte auf, allerdings klang es nicht fröhlich. „Sieh mich an Halver, mein Freund. Wer würde mich schon nehmen wollen" sagte ich bitter. „Weißt du einen Mann für mich?" fragte ich grimmig. Halver schwieg.

Das Dorf kam in Sicht. Halver verschwand in seine Richtung, ich trat in unseren Garten. „Ich habe mir bereits einen Mann gesucht, Idiot. Doch leider will der eine andere" sagte ich leise, nur zu mir. Ich wischte schnell eine Träne fort.

Vater stand am Fenster. Er hatte auf mich gewartet. „Ist etwas passiert?" fragte er mich, als ich eintrat. Ich strich dem Mann über die Stirn. „Nein, Vater. Alles in Ordnung. Es war wie immer." Antwortete ich sanft.

## 2. Kapitel

Ich kniete im Garten und zupfte die Kräuter, die ich für meine Medizin benötigte. Eine Fieberwelle hatte das Nachbardorf erfasst. Ich wollte meinen Fiebersaft brauen und mich zum Dorf begeben. Ich wollte versuchen, die Krankheit dort zu besiegen, bevor sie um sich griff und die anderen Dörfer befiel.

Elenora lief arrogant an meinem Haus vorbei. Sie sprach mich nicht an, das hätte mich auch gewundert. Schließlich hatten wir helllichten Tag. Sie würde sich nie die Blöße geben, mit mir zu sprechen. Ihr Ruf war in Gefahr. Das würde ihr Gunther nie verzeihen.

Ihr linkes Auge war angeschwollen. Ich vermutete, Gunther hatte sie wieder geschlagen. Von ihrer Mutter wusste ich, dass Gunther sie seit dem Abend im Wald zwar nicht mehr stieß, aus Angst, ich würde meine Drohung wahr machen. Aber dafür verlangte er andere, widerlich Dinge von Elenora. Jeden Abend musste sie ihn mit den Händen und dem Mund befriedigen und schlucken. Tat sie das nicht, schlug er sie. Ich seufzte. Männer waren alles dumme Schweine. Nun ja, nicht alle.

Mein Vater war nicht so. Und Halver auch nicht. Ich wusste natürlich, dass Halver Frauen traf. Verheiratete Frauen, deren Männer, oft doppelt so alt waren, wie sie. Sie trafen sich heimlich im

Wald mit Halver, der ihnen gab, was ihre Männer nicht mehr konnten. Aber das durfte mich nicht interessieren. Diese Frauen kamen nicht anschließend zu mir. Sie freuten sich, ganz im Gegenteil, auf ihre Waldspaziergänge....

Einmal, vor zwei Jahren, war ich zufällig Zeuge von solch einem Treffen geworden. Versehentlich. Es war keine Absicht gewesen. Ich war von einem Besuch bei einem Freund, auf dem Weg Nachhause gewesen. Ich hatte Halver an einem Baum gelehnt stehen sehen und glaubte erst, er würde auf mich warten. Doch dann war Erika aufgetaucht. Ihr Mann war der Dorfälteste des Nachbardorfes und fast dreimal so alt wie sie. Ich hatte mich im Gebüsch versteckt. Niemand sollte mich sehen. Es war mir peinlich.

Erika hatte sich sofort ausgezogen und stand nackt vor Halver, der sich ebenfalls seiner Kleidung entledigte. Dann hatte er dort gestanden, nackt und wunderschön. Sein Glied hart, groß und gerade. Dann hatte er Erika geküsst, sie auf den Boden gelegt und begonnen, die Frau zu verwöhnen. Seine erfahrenen Hände hatten ihre Brüste geknetet, seine Zunge ihre Warzen geleckt. Sie hatte lustvoll gestöhnt, als seine Hand sich in ihre Scham vergraben hatte. Keine Spur von Schmerzen oder Angst war in ihr gewesen. Dann hatte Halver sie hochgezogen und an einen Baum gelehnt. Er hatte sich in die Frau geschoben und sie heftig geliebt. Erika hatte voller Wollust gestöhnt. Sie war in die Knie gegangen. Halver war ihr gefolgt, sein Glied immer noch tief in ihr. Immer schneller hatte er Erika gestoßen, bis sie voller Wollust aufgeschrien hatte. Halver hatte sein Glied rausgezogen und seinen Samen in den Waldboden gespritzt. Er hatte verhindert, sich in Erika zu ergießen. Dann waren beide, voll befriedigt, wieder ihrer Wege gegangen. Gebannt hatte ich im Gebüsch gesessen, unfähig, mich zu bewegen.

Ja, Vater und Halver waren gute Männer.

Jetzt waren sie alle im Wald auf Jagd. Unsere Fleischvorräte gingen zu Ende. Und der Winter ließ nicht lange auf sich warten. Noch hatten wir warme Tage, doch der Wald und die Natur sagten mir, dass wir dieses Jahr früh Schnee zu erwarten hatten. Vater vertraute mir. Also hatte er die Männer zusammengerufen und war aufgebrochen. Jetzt hatte ich Zeit, meine Medizin anzurichten und in das Nachbardorf zu gehen.

cccccccccccccccccccccccccccccccccccccccccccccccccccccccccccccccccccccccc

„Ronja! Komm schnell. Schlimmes ist passiert!" Elenoras Mutter schrie über den Platz. Sie sprach mich am hellen Tag an? Es musste wirklich schlimmes passiert sein, wenn sie das wagte. Ich erhob mich und lief zu der Frau, die hektisch winkte. „Dein Vater! Er ist verunglückt! Ein Bär hat ihn angegriffen und verletzt! Noch lebt er, aber er wird es nicht schaffen!" erzählte sie heftig atmend. Ich ließ die Frau stehen und rannte zum Gemeindehaus.

Dort, auf dem großen Tisch lag mein Vater. Es war Frauen verboten, das Gemeindehaus zu betreten, doch das war mir jetzt egal. Vater brauchte mich. Ich stieß die Männer beiseite und rannte zu meinem Vater. Ein Stöhnen ging durch die Männerhorde, die sich dort versammelt hatte.

„Lasst mich zu meinem Vater!" sagte ich wütend, verzweifelt. Langsam gingen sie beiseite. Halver stieß wütend Gunther weg, der sich mir in den Weg stellen wollte. Dann war ich bei Vater.

„Ronja, Tochter" sagte Vater schwach. Er hob mit letzter Kraft seine Hand, die ich ergriff. „Es tut mir alles so wahnsinnig leid. Ich muss dich jetzt schutzlos zurücklassen." Sagte er leise. Ich drückte seine Hand und versuchte zu lächeln. „Mache dir um mich keine Sorgen Vater. Odin wird auf mich achten. Grüße Mutter von mir und sage ihr, es geht mir gut" sagte ich. Tapfer die Tränen zurückhaltend. Niemand sollte mir hier weinen sehen. Ich küsste Vater auf die kalte Stirn.

Er bäumte sich noch ein letztes Mal auf. Dann war er tot. Liebevoll schloss ich seine Augen.

„Bringt das Weib raus! Sie hat unsere Halle entehrt" befahl Gunther hart. Männer griffen mich und zerrten mich von Vater fort. Sie stießen mich vor die Tür, wo ich in den Dreck fiel. Niemand kümmerte sich um mich. Niemand half mir aufstehen. Ich erhob mich mit letzter Kraft und ging zurück in mein Haus.

Dort hatte ich die nächsten drei Tage zu bleiben. Ich durfte das Haus nicht verlassen. Bis zur Bestattung meines Vaters und bis man über mein Schicksal entschieden hatte.

Niemand kam, um mich zu trösten. Ich war mit meinem Schmerz allein. Ich saß am Tisch, den Kopf in meinen Armen und weinte. Alles war so falsch und unwirklich. Vater hatte mich verlassen. Vater war tot, gestorben, ich war nun ganz allein. Gunther würde neuer Häuptling werden, so wie er es immer gewollt hatte. Niemand war in der Lage, sich ihm in den Weg zu stellen, das wusste ich. Es würden dunkle, schwarze Zeiten auf uns zukommen. Das Schicksal war grausam, dachte ich verzweifelt.

Irgendwann schlief ich, erschöpft vom Weinen, am Tisch ein. Zu müde, mich zu bewegen. Ich spürte, wie zwei starke Arme mich hochhoben und ins Bett trugen.

„Ganz ruhig, ich bin es" hörte ich Halvers Stimme, als ich mich zur Wehr setzen wollte. Umgehend beruhigte ich mich. Er legte mich ins Bett und breitete eine Decke über mich. „Ich konnte nicht eher kommen. Ich musste warten bis alle im Dorf schlafen" erklärte er. Natürlich, das war mir klar. Vater war tot, also durfte Halver mein Haus nicht mehr betreten. Ich war jetzt schließlich ohne männlichen Schutz.

Er strich mir tröstend über das Haar. Ich ließ meinen Tränen freien Lauf. Es war das erste Mal das Halver mich weinen sah. Er zog mich in seine Arme und ließ mich weinen. Eine ganze Zeit schwiegen wir beide. Ich kuschelte mich dankbar an ihn.

„Gunther lässt sich bereits als Häuptling feiern. Er hat Besitzansprüche an dich und dein Erbe gestellt. Der Rat entscheidet noch" berichtete Halver grimmig. „Ulme ist noch keine zwölf Stunden tot und Gunther feiert schon!"

Ich nickte. Das hatte ich mir bereits gedacht. „Er prahlt schon damit, wie er dich gefügig machen wird" Halver spie die Worte in den dunkeln Raum. Ich begann zu zittern. „Bevor er Hand an mich legt, bringe ich mich lieber um" sagte ich wütend. Nein, Gunther würde mich nie bekommen und besitzen. Das schwor ich mir in diesem Moment „Hat sich kein anderer gefunden?" fragte ich zögernd.

„Ich habe ebenfalls Anspruch an dich und dein Erbe gestellt." Sagte Halver nun. Mein Kopf schoss hoch, ich starrte den Mann, den ich mein Leben lang kannte, überrascht an. Ich wusste, was das bedeutete. Es würde ein Zweikampf stattfinden. Gunther gegen Halver. Der Sieger würde mich, mein Erbe und die Häuptlingswürde erhalten. Doch Halver hatte kräftemäßig keine Chance gegen seinen Bruder!

„Warum? Warum hast du das getan?" fragte ich Halver verwirrt. Er würde sich umbringen, wenn er gegen Gunther kämpfte! Ich wollte nicht auch noch den zweiten Mann verlieren, den ich liebte!

„Ich versprach deinen Vater, mich um dich zu kümmern. Irgendwie kümmere ich mich bereits dein ganzes Leben um dich. Da erschien es mir nur als Logisch" antwortete Halver. „Und wenn ich sterbe, was solls." Sagte er trocken. „Vielleicht gewinne ich ja auch. Dann bin ich vermögend. Dein Vater hat immerhin einiges an Wert angehäuft." Dann seufzte er erneut. „Nein, wahrschein schlägt Gunther mich tot."

„Es würde Erika, Elsa, Wilma und viele andere Frauen traurig machen" sagte ich. Halvers Kopf schoss zu mir herum, wohl wissend, was ich damit sagen wollte. „Ich bin unverheiratet und habe Bedürfnisse" verteidigte er sich. „Und die Frauen sind alle unbefriedigt und willig, ich weiß" sagte ich entschuldigend. Es ging mich ja nichts an. Halver war ein erwachsener Mann. Und die Frauen wussten, worauf sie sich einließen.

„Willst du eine echte Chance gegen deinen Bruder haben?" fragte Ich Halver jetzt. Sein Kopf schoss zu mir herum. „Willst du wirklich gewinnen gegen Gunther?" wiederholte ich meine Frage.    Er schwieg verwundert. „Was meinst du damit, Ronja" fragte er mich dann einen Augenblick später.

Ich zog ihm am Bart. Er hasste das, ich wusste es. „Nun, wenn du wirklich gewinnst, hast du mich am Hals. Ich würde deine Frau werden. Jetzt hast du deine Treffen im Wald. Wenn du mich im Haus hast, ist es vorbei damit." Gab ich zu bedenken. „Wenn ich eine Frau Zuhause habe, brauche ich keine Treffen im Wald mehr. Und wir beide würden uns gut verstehen. Du magst mich." Antwortete Halver langsam, nachdenkend. Zum

Glück war es dunkel im Raum, so dass er meine rote Gesichtsfarbe nicht sehen konnte.

„Es ist dir also ernst?" fragte ich nach. Halver nickte. „Ich gab deinem Vater ein Versprechen, Ronja" sagte er leise. „Ich werde dich nicht kampflos Gunther überlassen."

Ich warf die Decke beiseite. „Gut, Halver. Ich kenne da jemanden, der dir das Kämpfen lehren kann. So lehren, dass du eine gute Chance gegen Gunther hast. Triff mich in einer Stunde auf der großen Lichtung. Niemand darf uns zusammen weggehen sehen." Befahl ich.

„Du bist in Totentrauer! Du darfst das Haus drei Tage nicht verlassen!" widersprach Halver. „Du hast den Zorn der Gemeinschaft bereits auf dich geladen, als du die Gemeindehalle betreten hast."

„Du bist der Erste, der mich besucht hat. Jeder weiß, dass Vater tot ist und doch kam niemand her, um mir Trost zu spenden. Du bist der erste!

Glaubst du, es wird jemand kommen, um mich zu besuchen oder zu kontrollieren, ob ich mich daranhalte?" fragte ich bitter. „Außerdem werde ich morgen früh wieder hier sein." Sagte ich grimmig. „Es wird niemand merken." Ohne auf den Mann zu achten, zog ich mein Kleid aus und schlüpfte in die alten Hosen, die mir immer noch passten.    Halver hatte sich abgewandt. Ich seufzte. Meine Figur war ja auch alles andere als anziehend, dachte ich. Ich griff meinen Bogen und meinen Köcher. Meine einzigen Waffen. Vater hatte mich gelehrt, mit einem Bogen umzugehen. „Du bist wahnsinnig, Weib" sagte Halver. Er erhob sich und schlich sich wieder durch die Hintertür.    Dann war er in der Dunkelheit verschwunden.

cccccccccccccccccccccccccccccccccccccccccccccccccccccccccccccccccccccccccccccccccccc cc

Als ich eine Stunde später an der Lichtung ankam, erwartete mich Halver bereits mit zwei gesattelten Pferden. Schweigend half er mir in den Sattel und bestieg das andere Pferd. Er sah zu, wie ich meine Muschel aus der Tasche zog und hinein blies.

„Das habe ich neulich schon mal gesehen bei dir! Was ist das!" fragte Halver mich. „Damit rufe ich Donner. Er kann den hohen Ton hören. Wir Menschen nicht. Jetzt weiß der König des Waldes, dass ich unterwegs bin in seinem Königreich. Er wird uns schützen." Erklärte ich. Halver nickte. „Ich muss nicht alles verstehen, oder?" fragte er mich nach einer Weile. „Du bist zu klug für unsere dumme Gemeinschaft. Wir haben dich und deinen Verstand nicht verdient" sagte er langsam, nachdenkend. Ich führte mein Pferd neben seines und nahm seine Hand. „So etwas ähnliches hat mein Vater auch mal zu mir gesagt. Vater sagte immer, ich sei hundert Jahre zu früh geboren worden." Erinnerte ich mich. Wieder liefen mir Tränen über das Gesicht.

Zwei gelbe Augen leuchteten in einem Gebüsch auf. Halver ließ mich los und griff nach seinem Schwert, doch ich beruhigte ihn. „Das ist Donner" sagte ich. Die Pferde schnaubten nervös, als das massige Tier auf den Weg trat und mich ansah.

„Wir sind auf dem Weg zu Tong Mey" sagte ich zu Donner. Der Wolf drehte sich und lief vor uns her. Dicht gefolgt von Blitz, seiner Gefährtin. „Das würde mir keiner glauben, wenn ich das erzählen könnte" sagte Halver ungläubig. Dann stutzte er. „Wer ist Tong Mey?" fragte er mich.

„Mein Freund Nummer drei" sagte ich ernst. „Von ihm lernte ich lesen und schreiben. Rechnen auch" erklärte ich den verblüfften Halver. „Hast du dich nie gewundert, warum unsere Gemeinschaft plötzlich ein Register führt? Seit ich schreiben gelernt habe, führe ich das Register. Es enthält alle Geburten und Sterbedaten. Durch das Register wusste Vater immer, wer noch keine Steuern bezahlt hat. Davor haben viele Männer versucht, zu betrügen. Vater konnte sich nie merken, wer bezahlt hat und wer nicht!" erklärte ich. Halver nickte verstehend. Er hatte von dem Register gehört. Männer hatten darüber in der

Gemeindehalle gesprochen. Oft geschimpft, weil Ulme sie beim Betrügen erwischt hatte. Sie hatten sich das nie erklären können. Woher hatte ihr Häuptling gewusst, wer bezahlt hatte, und wer nicht? Jetzt kannte er das Geheimnis.

„Mädchen, du wirst mir unheimlich" sagte Halver grimmig. Er hielt seine Hand an seinem Schwert, als die Wölfe anhielten. Ich stieg vom Pferd und nickte den Wölfen zu, beide verschwanden nun wieder im Wald. Ich nahm einen großen Stock und schlug gegen einen hohlen Baum. „Damit Tong Mey weiß, dass ich mich nähere" erklärte ich wieder.

Ich führte mein Pferd am Zügel durch ein Dickicht. Halver folgte mir zögernd. Dann standen wir auf einer kleinen Lichtung, abgeschirmt vom restlichen Wald. Eine kleine Hütte stand am hinteren Rand. Tong Mey trat nun aus seiner Hütte und zog verärgert seine Augen zusammen, als er nicht nur mich, sondern auch Halver entdeckte.

„Drei sind einer zu viel für ein Geheimnis!" sagte der fremdaussehende Mann streng. Halver hatte den Mann noch nie zu Gesicht bekommen. Er war kleiner als die Männer hier zu Lande, seine Augen leicht schräg und dunkel. Der Mann schien von sehr weit herzukommen.

„Wir brauchen deine Hilfe, Tong Mey" sagte ich und legte so viel Verzweiflung wie möglich in meine Stimme. Tong Mey musste uns helfen, es ging um mein Leben. Und das von Halver. Gunther würde seinen Bruder töten beim Kampf. Und das voller Freude.

Tong Mey starrte stumm auf Halver, der unsicher neben mir stehen blieb. Beide Männer sahen sich an, schätzten sich ab und schwiegen.

„Nun mach es nicht so schwierig, Mann" hörte ich die fröhliche Stimme von Lana. Sie kam aus der Hütte und lachte lustig. Ich umarmte die junge Frau und zog Halver zu mir. „Das ist Halver, Lana. Er wird um mich kämpfen und muss einiges von deinem Mann lernen." Erklärte ich der Frau, die nun nachdenklich nickte. „Tong Mey wird euch helfen" bestimmte sie. Lana stieß ihren Mann, der gut einen Kopf kleiner als seine Frau war, liebevoll an.

Halver schwieg noch immer. Statt dem Mann starrte er nun der Frau hinterher. Ungläubig schüttelte er seinen Kopf. Tong Mey unterdrückte jetzt ein Lächeln. „Was hast du, Halver?" fragte er, während er unsere Pferde anband.

„Deine Frau" sagte Halver verwirrt. Immer noch starrte er auf die Hütte, in die Lana und ich verschwunden waren. „Was ist mit meiner Frau? Sie ist sehr schön, ich bin stolz auf sie" antwortete Tong Mey grinsend. Halver schüttelte seinen Kopf. „Du findest Lana nicht schön?" fragte Tong Mey , nur unter Mühe ein Lachen unterdrückend. „Doch, natürlich, aber, aber sie sieht aus wie meine Mutter als junge Frau! Die gleichen blauen Augen, die blonden Haare, das Lachen!" sagte Halver endlich. Er rieb sich ungläubig seine Augen.

„Das ist ja auch ganz natürlich. Schließlich ist sie ein Kind deiner Eltern, Halver" sagte Tong Mey. Der kleine Mann lachte nun über Halvers verwirrten Blick. „Komm rein, Lana wird bereits Tee zubereitet haben" sagte Tong Mey. Er klopfte Halver auf den Rücken.

cccccccccccccccccccccccccccccccccccccccccccccccccccccccccccccccccccccccccccccccccccccc

„Ich komme aus einem sehr fernen Land. Wir nennen es Nippon. Als Junge wurde ich eines Diebstahls beschuldigt. Als Strafe wurde ich auf ein fremdländisches Schiff verkauft und musste mit ihnen segeln. Dann in einem anderen Hafen wurde ich weiterverkauft. Bis ich irgendwann hier gelandet bin. Mir gelang die Flucht und ich versteckte mich hier im riesigen Wald." Erzählte Tong Mey. Ich erhob mich. Es würde ein langer Rückweg werden und die Nacht dauerte nicht ewig. Auch wenn die Nächte immer länger wurden. Sofort war Halver ebenfalls auf den Beinen. „Ich muss los. Du weißt, ich muss zurücksein, bevor jemand etwas bemerkt" sagte ich. Ich legte beruhigend meine Hand auf Halvers. „Mach dir keine Sorgen um mich. Du kennst meine Beschützer." Sagte ich leise. „Höre du lieber gut auf Tong Mey. Er kann dir zeigen und lehren, wie du Gunther besiegen kannst" bat ich Halver. Dann verließ ich die Hütte. Tong Mey folgte mir.

„Der Mann hat eine gute Seele. Er ist groß und drahtig. Er ist schnell und wendig. Das ist gut. Gunther ist breit und langsam." Tong Mey überlegte. „Wieviel Zeit habe ich?"

„Sieben Tage. In drei Tagen ist Vaters Bestattung" zum ersten Mal dachte ich wieder über den Tod meines Vaters nach. Augenblicklich bildeten sich Tränen in meinen Augen. Tröstend legte Tong Mey seine Arme um mich. Halver erschien und grunzte, als er uns so stehen sah. Er brachte mir mein Pferd. „Lass es einfach laufen, wenn du am Dorf angekommen bist. Einer der Männer wird es schon einfangen" befahl er mir. Er half mir in den

Sattel und sah mir lange hinterher. Ich zog meine Muschel aus der Tasche, um meine Beschützer zu rufen.

3. Kapitel

„Versuche, meinen Fäusten auszuweichen" befahl Tong Mey und grinste zufrieden, als Halver sich duckte, bog oder sprang. „Du lernst schnell, alle Achtung, Ronja hat nicht übertrieben. Du bist nicht so dumm, wie der Rest eurer Männer." Lobte er. „Du musst Gunther müde machen. Dein brutaler Bruder ist zwar stark und groß, aber er trinkt und isst gerne. Zwei Dinge, die einem Mann die Kraft rauben. Du bist anders. Du trinkst so viel, dass dein Durst gestillt wird und du isst so viel, dass du satt bist." Sagte Tong Mey lobend. Er kam zu Halver, „Nachher zeige ich die Treffer am Körper, die jeden Mann in die Knie zwingen werden. Selbst solche Riesen wie deinen Bruder. Es sind sogenannte Energiepunkte. Sie sorgen dafür, dass die Kraft in die Arme oder Beine strömt. Unterbrichst du diese Punkte, ist dein Gegner wehrlos." Tong Mey lächelte, als Lana mit einem Tablett erschien. Sie brachte den Männern Tee. Wieder staunte Halver über die Ähnlichkeit der Frau zu seiner Mutter. „Was hast du neulich gemeint, als du sagtest, Lana sei ein Kind meiner Eltern!" fragte er jetzt. Dankend nahm er den Tee.

Tong Mey setzte sich auf den Boden und überkreuzte seine Beine. „Setz dich , Krieger. Wir müssen reden" befahl er. Halver setzte sich Tong Mey gegenüber und schwieg. Tong Mey holte tief Luft. „Ich war ein Junge, als ich in dein Land kam. Ich versteckte mich hier im Wald. Eines Abends beobachtete ich einen Mann, der ein Bündel auf den Waldboden warf und verschwand." Tong Mey fluchte wütend. „Als der Mann fort war, schlich ich mich auf die Lichtung. Ich fand dort ein neugeborenes Mädchen." Tong Mey hob seine Hand und zog Lana zu sich.

„Mein Vater" sagte Halver grimmig. Tong Mey nickte. „Lana ist deine Schwester. Ich nahm das Bündel und zog sie auf. Lana verliebte sich in mich und blieb. In der Zeit haben wir einige neugeborene Mädchen finden können und ihnen helfen. Wir betreuen sie, ziehen sie groß. Manchmal finden sich nette Paare, die die Mädchen bei sich aufnehmen." Erklärte Tong Mey weiter. Halver nickte. Endlich wusste er, was aus seiner großen Schwester geworden war.

„Um ein Mädchen brauchten wir uns nicht kümmern" sagte Lana sanft. Wieder staunte Halver über die Ähnlichkeit zu seiner Mutter. Mutter hatte ebenso gesprochen. „Ein kleiner Junge war den Männern des Dorfes heimlich gefolgt. Er sah, wie sie das Bündel ablegten und verschwanden. Der Junge nahm das Baby und beschützte es tapfer" sagte Lana weiter. Sie lachte auf, als Halver hochrot anlief. „Ärger deinen Bruder nicht, Lana!" sagte Tong Mey streng. Dann räusperte er sich. „Ich schickte dir die Wölfe. Meine Wölfin hatte gerade Junge bekommen, Ich sandte sie dir, um das Kind zu nähren und euch zu beschützen" sagte Tong Mey. Endlich verstand Halver. „Du bist geblieben, bis Ulme wiederkam. Ulme fand seine Tochter und dankte den Göttern für ihr Überleben. Ulme war ein guter Mann" sagte Tong Mey weiter. „Er hätte och viele Jahre die Gemeinde führen können, wäre er nicht brutal ermordet worden!"

„Ein Bär hat Ulme getötet" widersprach Halver. Doch Tong Mey schüttelte seinen Kopf. Der Mann erhob sich und lief unruhig im Kreis. „Das war kein Bär! Das war Gunther. Ich war Zeuge der Tat! Dein Bruder hat Ulme erschlagen und es dann wie einen Bärenangriff aussehen lassen!" sagte Tong Mey wütend. Dann seufzte er leise. „Komm, junger Krieger. Die Zeit läuft uns davon und du hast noch viel zu lernen."

cccccccccccccccccccccccccccccccccccccccccccccccccccccccccccccccccccccccccccccc ccc

Es dämmerte bereits, als ich das Dorf endlich erreichte. Das Gemeindehaus war noch hell erleuchtet, die Männer saßen also noch und tranken. Ein Vorteil hatte es. Die Frauen hatten eine Nacht ihre Ruhe gehabt. Elenora hatte wahrscheinlich endlich mal schlafen können. Ich stieg vom Pferd und ließ es, wie Halver gesagt hatte, einfach laufen. Dann schlich ich mich zurück in mein leeres, stilles Haus. Dort warf ich mich in mein Bett und zog mir die Decke über den Kopf. Ich war so müde, dass ich, trotz meines Kummers, schnell einschlief.

Am nächsten Tag begann ich, Vaters Kleidung zu bündeln und seine Waffen zu reinigen. Sie würden Vater auf seine Reise nach Walhalla begleiten. Draußen hörte ich Hämmer und Sägen ihre Arbeit tun. Die Männer bauten ein prächtiges Schiff für Vaters letzte Fahrt.

Irgendwann am späten Nachmittag klopfte es an der Tür. Drei Frauen standen mit riesigen Blumenkörben vor mir. Ich ließ sie eintreten und gemeinsam, schweigend, begannen wir, Kränze und Girlanden zu flechten. Sie würden Vaters Schiff wunderschön aussehen lassen, wenn er damit stolz in Walhalla eintraf. Ob Mutter ihn dort erwartete? Ich wusste es nicht, ich konnte nur hoffen.

„Du solltest deine Tür heute Abend gut verriegeln" flüsterte Elenora mir hastig zu. Wir waren mit den Blumen fertig und die Frauen räumten alles zusammen. „Gunther hat gestern geprahlt, dass er dich heute Nacht besuchen wird. Er will dich in Besitz nehmen. Wenn er dich besamt hat, will Halver dich nicht mehr, hat er gesagt." Sagte Elenora leise. Immer wieder ging ihr Blick zu den anderen Frauen, die die Kränze aus dem Haus trugen. „Er sagte, heute Nacht könnte auch Odin dir nicht mehr helfen, keine Ahnung, was er damit meint", Elenora drückte angsterfüllt meine Hand. Dann folgte sie den anderen Frauen. Wieder war Ich allein.

Ich sollte Elenoras Warnung ernst nehmen, überlegte ich. Doch was sollte ich tun? Das Haus verlassen konnte, dufte ich nicht. Das Gesetz verbot es! Und das wusste Gunther. Ich saß also in der Falle! Und hier im Haus konnte auch Donner mir nicht helfen. Ich setzte mich an den Tisch und lief meinen Tränen freien Lauf. Wie sollte ich diesen riesigen Mann nur aufhalten?

Elenora war bestimmt nicht die Einzige, die wusste, was ihr Mann vorhatte, doch niemand würde sich gegen Gunther stellen und mir zu Hilfe eilen. Schließlich galt der Mann als zukünftiger Häuptling und mit dem wollte es sich keiner verderben. Außerdem war ich ja nur eine Frau! Eine, die die Beine breit zu machen hatte, wenn ein Mann es forderte.

Aber ich würde mich wehren. Irgendwie würde ich den Mann aufhalten müssen. Gunther durfte mich nicht begatten. Ich würde mich lieber umbringen, als dem brutalen Mann zu Willen sein.

Mein Blick fiel auf Vaters teure Weinflasche. Vater hatte sie gut gehütet. Er hatte sie vor zwei Jahren aus Gallien mitgebracht. Ich wusste, Gunther würde einen guten Tropfen nicht verschmähen. Schwer erhob ich mich und nahm die Flasche vom Regal. Eigentlich hatte ich die Flasche Vater mitgeben wollen auf seine Reise. Doch Vater würde verstehen, dass ich sie jetzt dringender benötigte. Dann ging ich zu meiner Tasche und holte das stärkste Schlafmittel heraus, das ich finden konnte.

cccccccccccccccccccccccccccccccccccccccccccccccccccccccccccccccccccccccccccccccccc

Es war spät, als ich Gunthers Schritte schwer vor meiner Haustür hörte.

„Mach die Tür auf, Weib!" schrie er. Die anderen mussten ihn doch hören, ich sah aus dem Fenster, der Platz war menschenleer. Etwas anderes hatte ich auch nicht erwartet. Niemand wollte Zeuge werden, davon, was Gunther mir antun wollte.

„Verschwinde! Dies ist ein Trauerhaus. Es ist Männern untersagt, es zu betreten" schrie ich zurück. „Mach dir Tür auf und ich werde dich trösten, Weib! Ich werde mir nehmen, was mir sowieso bald gehört!" brüllte Gunther erneut. Er war angetrunken. Das war gut. Mein Blick ging zur Weinflasche auf dem Tisch. Ich hoffte er würde sie nicht verschmähen. Gunther schlug nun heftig gegen die Tür, die in den Angeln erzitterte. Ich zitterte wie Espenlaub. Die Tür würde nicht lange Stand halten. „Mach die Tür auf! Ich werde dich heute begatten! Ich reiße dir die Beine auseinander. Mein Gemächt freut sich schon darauf!" schrie er wieder. Die Tür flog in die Stube, als Gunther sich mit seinem ganzen Gewicht dagegen warf. „Verschwinde, Gunther! Du verstößt gegen unsere Gesetze! Ich gehöre dir nicht. Ich bin in Trauer! Vater ist nicht einmal beerdigt!" sagte ich verzweifelt.

„Das ist mir alles vollkommen egal. Wenn ich Häuptling bin, wird sich vieles ändern!" schrie er. Ich konnte das Met bis zu mir riechen. Dann lachte er dreckig und versuchte, mich zu greifen. „Mein kleiner Bruder ist verschwunden! Prahlt groß rum, er will mich herausfordern und läuft dann wie ein Hase davon. Du hast niemanden mehr, der dir noch hilft!" Wieder versuchte er mich zu greifen. Dann sah er endlich die Flasche Wein. Einen Moment vergaß er mich und griff nach der Flasche. Ich nutzte die Gelegenheit und rannte in meine Schlafstube. Dort verriegelte ich die Tür. Doch diese war wesentlich dünner als die Haustür und würde kein Hindernis für Gunther darstellen. Angsterfüllt kroch ich auf mein Bett. Ich hörte aufatmend, wie Gunther die Weinflasche leerte, dann flog das teure Glasgefäß gegen die Wand. „Das tat gut" schrie er. „Und jetzt zu dir, Höllenweib!" Er warf sich gegen meine Zimmertür. Ich hoffte, sie würde solange Stand halten, bis das Schlafmittel wirkte.

Doch ich hatte die Menge wohl zu gering berechnet für solch einen massigen Mann. Die Tür splitterte und Gunther stand in meiner Stube. Ich schrie auf. Er hatte sich bereits seiner Hose entledigt und stand mit steifem Glied vor mir. Wie ein Schwert ragte es von ihm ab. Wieder musste ich an Halver denken. Damals im Wald. Was für ein Unterschied, dachte ich.

„Mach die Beine breit, dann geht es schnell und ich muss dich nicht schlagen!" befahl Gunther nun. Er lallte etwas. Das Mittel schien zu wirken.

Allerdings nicht schnell genug. Er beugte sich nun zu mir und riss mich hoch. Er fasste den Kragen meines Kleides und mit einem Griff, riss er mir das Kleidungsstück vom Körper. Ich schrie, kratzte und versuchte, den Mann zu beißen, als er mir nun die Unterkleider herunter zerrte. Es störte den Mann nicht. Dann lag ich nackt vor ihm. Er griff meine Hand und umschloss damit sein hartes Glied. Genüsslich ließ er meine Hand daran rauf und runter rutschen. Dann kniete er sich zwischen meine Beine und drückte sie brutal auseinander. Er starrte auf meine Scham. „Ebenso rot wie deine Haare. Ich habe es gewusst!" sagte er erregt. Seine Hand umfasste grob meine Lockenpracht und zog daran. Wieder schrie ich laut. Er hielt mich an meinen Locken fest, hob meinen Hintern etwas und schob grob einen Finger in mich. Gellend schrie ich auf, es tat furchtbar weh. „Eng, sehr eng" sagte Gunther schwer atmend. Ich wusste nicht, ob es vom Schlafmittel kam, oder weil er so erregt war. Er schlug mich hart ins Gesicht, als ich flüchten wollte. Brutal riss er meinen Unterleib zu sich heran. „Wirklich eng. Aber nicht mehr lange. Dann wirst du meinen kleinen Freund mühelos schlucken." Sagte er. Kaum noch verständlich. Er setzte sein Glied an meine Scham, rutschte ab, kicherte. Dann versuchte er es erneut. Ich brüllte, weinte und biss den Mann in die Oberarme, mit denen er mich mühelos auf das Bett presste. Ich war unfähig, mich zu bewegen. Gunther würde mich vergewaltigen. Er würde mir sein riesiges Glied reinrammen. Ich hatte keine Chance mich zu wehren.

Plötzlich sah ich einen Schatten. Eine große, gusseiserne Pfanne rauschte auf Gunthers Kopf herab. Der Mann kippte ohne weitere Worte nach links und blieb besinnungslos liegen. Unfähig mich zu bewegen, blieb ich auf meinem Bett liegen und sah zu Elenora auf, die mit der Pfanne vor Gunther stand. Sie stieg über ihren Mann und reichte mir die Hand. Ich erhob mich schwer. Sie wollte erneut zuschlagen, doch ich entwand ihr die Pfanne. Es reichte. Gunther konnte mir nichts mehr tun.

„Niemand sollte das durchmachen, was ich jeden Tag erleide" sagte Elenora leise. Sie weinte, ebenso wie ich. Wir beide lagen uns in den Armen und weinten. Ich dankbar, dass sie mich gerettet hatte, sie weil sie den Mut dazu gehabt hatte.

„Ziehe dich an, draußen wartet Hilfe" sagte Elenora jetzt. „Wir müssen uns beeilen." Verwundert sah ich, wie Elenora kurz verschwand. Ich warf mir ein Kleid über. Dann kam Elenora wieder. Ihr folgte Rollo.

Rollo war der Dorfschreiber, der Musiker und der Mann, der Rechtsstreite schlichtete. Rollo war kein Krieger. Er war verkrüppelt geboren worden und deshalb nie mit auf Fahrt gewesen. Er betrat zögernd mein Haus, ging in meine Schlafstube und zerrte Gunther an den Armen heraus. „Lebt er noch?" fragte Elenora ängstlich Rollo nickte grimmig. „Du hast nicht stark genug zugeschlagen" sagte er angewidert. Er zerrte dem

Mann die Hose über und gemeinsam trugen, schoben und zerrten wir drei den schweren Mann aus meinem Haus, über den Hinterhof bis zum Brunnen. Dort legten wir Gunther ab. Er war immer noch bewusstlos. Elenoras Schlag und mein Schlafmittel würden ihn lange schlafen lassen.

Wir drei waren die einzigen hier auf dem Platz, der eigentlich immer von Menschen wimmelte. Doch, keiner wollte Zeuge sein.

Ich ging wieder in mein Haus. Diesmal legte ich mich in Vaters Schlafstube und verriegelte die Tür. Ich schob noch einen Schrank davor. Dann zog ich mich aus und versuchte vergeblich, Schlaf zu finden. Immer wieder kamen die Erinnerungen an die Geschehnisse in mir hoch. Mir wurde übel und ich erbrach mich.

Gunther erwachte am nächsten Tag am Brunnen. Um ihn herum reges Treiben, Menschen blieben stehen, um über den Mann zu lachen.

„Wolltest du dir nicht letzte Nacht die Hexe vornehmen? So wie neulich, wo du unverrichteter Dinge wieder gekommen bist?" fragte ihn sein Freund Grond gehässig. „Bist wohl auf dem Weg zum Haus vollbetrunken eingeschlafen" Er half den massigen Mann auf die Beine. Gunther schwankte noch etwas. „Ich habe sie mir doch vorgenommen! Ich habe es ihr so richtig besorgt. Sie hat um Gnade gewimmert." Sagte Gunther nun angeberisch. Doch seine Freunde lachten nur laut. „Danach sieht es aber nicht aus" antwortete Grond und wies auf mein Haus. Keine Spur war mehr zu sehen, von Gunthers nächtlichen Überfall. Die Haustür war erneuert und ordentlich eingehängt. Ich sah aus dem Fenster und wunderte mich. Wem hatte diese gute Tat zu verdanken? Wer hatte noch in der Nacht meine Tür repariert? Ich hob meine Hand und winkte Gunther grinsend zu. Grollend hob dieser seine Hand zu einer Faust. „Ich werde dich noch kriegen, Miststück. Und dann Gnade dir Gott!" schrie er über den Dorfplatz. Die Frauen zogen ihre Köpfe ein und gingen schnell weiter, froh, dass Gunther nicht sie damit meinte. Ich seufzte und setzte mir Wasser auf, Ein Tee würde mir jetzt guttun.

cccccccccccccccccccccccccccccccccccccccccccccccccccccccccccccccccccccccccccccc
ccc

Der vierte Tag brach herein. Sonnig und warm schien die Sonne, keine Wolke am Himmel. Ich hob meinen Kopf, als ich das erste Mal seit Tagen, das Haus verließ. Ein schöner Tag, um Vater nach Walhalla zu schicken, dachte ich. Ich ging über den Dorfplatz, der verwaist war. Jeder Mensch der drei Gemeinden hatte sich am Ufer versammelt. Sie schienen nur auf mich gewartet zu haben. Langsam schritt ich durch die Menge und blieb vor dem wundervoll geschmückten Schiff stehen. Mitten darauf lag Vater in einem Bett aus Reisig und Stroh. Es schien, als würde er schlafen. Er sah so friedlich aus. So, als habe er seinen Frieden gefunden.

Jetzt schoben die Männer das Schiff ins Wasser, ein letzter Blick, dann war Vater nicht mehr zu sehen. Ich schluckte tief. „Auf Wiedersehen Vater" sagte ich leise.

Ich wurde beiseite geschoben, der Dorfälteste trat nun vor und hob seine Hände, um für Ruhe zu sorgen. „Ulme hatte keinen männlichen Nachfahren! Wer soll den letzten Pfeil schießen?" fragte er laut. Stille trat ein.

Gunther machte einen Schritt nach vorne, doch ich war schneller und griff den Bogen, den der Dorfälteste hochhielt. Ein Raunen ging durch die Menge. Eine Frau hatte es gewagt, den heiligen Bogen zu ergreifen! Ich trat in den Kreis. „Ich mache es! Ich bin Ulmes Nachkomme!" sagte ich laut. Wieder wurde laut gemurmelt. Gunther kam. Er wollte mir den Bogen entreißen, doch ich ließ nicht los. „Mach dir nicht noch mehr Schande" sagte Gunther wütend. „Oder ich lass dich aus dem Dorf verbannen!" sagte er drohend. Doch ich ließ den Bogen nicht los.

„Lasst Ronja ihren Vater auf die letzte Fahrt schicken!" donnerte eine ungewohnt harte

Stimme hinter mir. Halver erschien und schob Gunther grob beiseite. „Sie ist nur eine Frau!" schnauzte Gunther. „Sie wird es nie schaffen! Sie macht sich lächerlich. Ihr Vater wird mit Verachtung in Walhalla einziehen!"

Wieder wollte er Halver den Bogen entreißen. Doch Halver verstellte ihm den Weg. „Ronja ist anders als andere Frauen! Und das wissen alle hier! Sie ist Ulmes legitime Nachfahrin und seine Erbin. Sie hat das Recht, es zu versuchen!" sagte Halver laut. Er sah zum Dorfältesten, der nun nickte. „Soll sie es versuchen" bestimmte er.

Halver reichte mir den Bogen und führte mich zum Ufer. „Das Schiff ist bereits weit weg. Meinst du, du schaffst es, den Bogen stark genug zu spannen?" fragte er mich leise. Ich wusste, ich musste das Schiff mit dem ersten Pfeil treffen, um Vater einen ehrenvollen Einzug in Walhalla zu verschaffen. Ich begann zu zittern. Halver spürte es, als er den Pfeil entzündete. Er stellte sich hinter mich, half mir den Bogen zu spannen und zu zielen. Mit einem lauten Pfeifen durchschnitt der Pfeil die Luft, traf das Schiff, das sekundenschnell in Flammen aufging. Halver ging augenblicklich auf Abstand. Er durfte mir nicht so nahe sein, ohne dass wir verheiratet waren.

Niemand sagte etwas, alle Menschen am Ufer schwiegen und sahen zu, wie das Schiff brennend im Meer versank. Dann war das Schiff, mit meinem Vater fort. Auf dem Weg nach Walhalla.

„Bist du extra wegen der Bestattung hergekommen?" fragte ich Halver leise, flüsternd. Er nickte, immer den Abstand zwischen uns einhaltend, als wir zurück zu meinem Haus gingen. Niemand durfte etwas Falsches denken. „Tong Mey meinte, ich solle unbedingt dabei sein und gesehen werden. Das sei wichtig für die Gemeinde. Er hatte Recht." Sagte Halver. Wir waren an meinem Haus angekommen. Halver stockte. „Du hast eine neue Haustür". Das war ihm also sofort aufgefallen. Ich seufzte. „Lange

Geschichte, die ich dir später erzählen werde. Was macht dein Unterricht?" fragte ich dann schnell. Ich wollte Halver ablenken.

„Gut, sehr gut. Wahnsinn, was der kleine Mann mich lehren kann. Ich muss auch gleich wieder los. Noch bleiben mir zwei Tage." Erklärte Halver. Wieder sah er zur Haustür. Zögernd, zweifelnd, ob sein Weggang eine gute Idee war. „Geh zu Tong Mey. Du kannst jede Unterrichtsstunde gebrauchen. Ich komme hier schon zurecht!" sagte ich streng. Das kam ich wirklich. Ich hatte keine Ahnung wer und warum, aber jeden Abend wurde jetzt meine Haustür bewacht. Immer stand jetzt ein anderer Mann in meinem Garten und blieb bis zu Morgengrauen. Gunther würde nicht wagen, einen unserer Krieger wegen einer Frau anzugreifen. Das würde ihm seine Ehre kosten. Niemand würde ihn dann noch achten, und schon gar nicht als Häuptling anerkennen.

„Sei vorsichtig, wenn du durch den Wald reitest. Ich habe das Gefühl, dass dein Bruder dir folgen will. Vielleicht lauert er dich auf" sagte ich besorgt. Ich hatte gesehen, wie Gunther mit zwei Freunden, die Pferde gesattelt hatte.

„Mach dir keine Sorgen, ich habe da ein kleines Geschenk." Sagte Halver lächelnd und zog eine kleine Muschel auf seiner Jackentasche. „Tong Mey ist ein sehr guter Stratege. Er hat mit so etwas bereits gerechnet, als ich mich her schickte. So wie ich in die Muschel blase, wird der große Geist des Waldes Gunther und seine Freunde vertreiben." Halver lächelte und sah sich schnell um. Dann stieg er in den Sattel. „Ich weiß, dass Tong Mey hinter den Geistergeschichten steckt, die in den Dörfern kursieren." Sagte er. „So hält er das abergläubische Volk von seinem Heim fern". Sagte er lächelnd. Ich nickte lobend. Ja, Halver war ein kluger Mann. Und ein wesentlich besserer Häuptling, als Gunther.

Einen Augenblick zögerte er. Dann ritt er davon. Ich blieb auf dem Weg stehen. Lange sah ich dem Mann hinterher.

Halver war hergekommen. Er hatte einen ganzen Tag Training versäumt, um mir heute beizustehen. Ich wischte mir eine Träne aus dem Gesicht. Wie sehr ich den Mann liebte. Mit aller Kraft meines Herzens. Und das war schon immer so gewesen. Nie gab es einen anderen. Jetzt, heute, in diesem Moment, konnte ich es mir eingestehen. All die Jahre hatte ich dieses Geheimnis, selbst vor mir, tief in meinem Herzen gehütet. Halver durfte davon nichts erfahren. Für ihn war ich nur eine Freundin, Eine Frau, mit der er sich auf Augenhöhe unterhalten konnte. Eine Frau, die ebenso klug war wie er. Wie würde er über mich denken, wüsste er um mein Geheimnis?

Und selbst wenn, sein Herz gehörte nach wie vor Elenora.  Und Halver war kein Mann, der sein Herz so schnell neu verschenkte.

Traurig ging ich in mein Haus.

## 4. Kapitel

Der Dorfplatz war frei geräumt worden. Ein großer Tisch war in die Mitte getragen worden, an dem sich nun die zehn ältesten Männer der Gemeinde versammelten. Ich sah zum Himmel. Noch war es trocken, doch dicke Wolken kündigten ein Unwetter an. Ich hoffte es würde warten, bis hier heute alles erledigt war.

Gespannt standen die Menschen am Rand des Platzes, um kein Wort zu versäumen, was dort gesprochen wurde. Der Älteste erhob sich nun und schlug mit einem Hammer auf den Tisch. Ruhe kehrte ein.

„Wir haben uns heute hier versammelt, um einen Nachfolger für unseren ehrenhaften Häuptling Ulme zu ernennen. Zwei Bewerber haben sich um das Amt und damit um das Erbe von Ulme beworben." Der Mann erhob nun seine Stimme. „Ronja, Tochter von Ulme! Trete vor!" forderte der Mann mich nun auf. Langsam trat ich in den

Kreis, Die Menschen kamen nun näher, der Kreis schloss sich.

„Zwei Männer haben sich um das Erbe deines Vaters beworben. Gunther und Halver. Beides mutige Krieger unserer Gemeinschaft. Beides ehrenvolle Männer". Sagte der Mann und ich unterdrückte ein Knurren. Gunther war alles andere als ehrenvoll! Aber ich schwieg. Der Mann sprach bereits weiter. „Beide Männer sind willens und bereit, dich in ihr Haus aufzunehmen. Da du nicht verheiratet bist, wirst du dem Mann gehören, der den Zweikampf gewinnt. Du wirst dem Manne gehorchen und ihm dienen. Das ist der Wille des Rates!" sagte der Dorfälteste. Die anderen klopften bejahend auf den Tisch. Ich schluckte.

„Ich bin Ronja. Tochter von Ulme, eurem letzten Häuptling! Ich bin durchaus in der Lage, mein Leben selbst zu bestimmen! Ich benötige keinen Mann, der mir sagt, was ich darf und was nicht!" antwortete ich zornig.

„Dein Vater war ein Narr, was dich betraf! Er ließ dir einen eigenen Willen und zu viel Freiheiten! Damit ist jetzt Schluss! Du wirst dem Mann in sein Haus folgen, der den Zweikampf gewinnt! Du wirst dich seinem Willen beugen!" schrie der Dorfälteste nun.

„Niemand entscheidet über meinen Körper! Das entscheide ganz allein ich!" schrie ich zurück. Die Menschen um mich herum stöhnten laut auf.

„Du gehörst dem Manne! Du wirst dich dem Manne beugen und ihm zu Diensten sein!" der Mann sah sich zu seinen Mitsprechern um. Dann nickte er. „Wir erwarten als Beweis für deinen Gehorsam morgen früh das Jungfrauen-Betttuch!" befahl er. Wieder wurden Stimmengemurmel laut.

„Es wird mir ein Vergnügen sein!" rief Gunther dreckig lachend. „Ich werde ihr Gehorsam lehren. So, dass sie sich die nächsten Tage nicht rühren kann!" Er drehte sich zu seinen Freunden um.

„Und anschließend kann sie mein Haus säubern, Elenora ist zu dumm dafür!"

Ich wandte mich um. Ich wollte mich auf den brutalen Mann stürzen. Zwei Männer kamen und griffen mich. Sie zerrten mich zu einem Stuhl und fesselten mich.

„Der Zweikampf kann beginnen" rief der Dorfälteste. Er hob seine Hand und Gunther trat siegessicher in die Mitte des großen Platzes.

„Wo bleibt denn mein kleiner Bruder! Erst reißt er sein Maul so groß auf und jetzt erscheint er nicht! Er hat wohl die Hosen gestrichen voll!" schrie Gunther. Er kam zu mir und drückte mir einen Kuss auf die Lippen. Angewidert spuckte ich den Mann ins Gesicht. „Wehre dich nur, das macht mich richtig heiß. Bald reiße ich dir die Beine auseinander" flüsterte Gunther mir ins Ohr.

„Ich dachte, wir wollen kämpfen!" hörte ich jetzt Halvers Stimme hart über dem Platz rufen. Gunther wandte sich um. In der Mitte des Platzes stand Halver. Nur mit einer Hose bekleidet. Sein Oberkörper glänzte. Er hatte sich mit Öl eingerieben. Ein schlauer Schachzug, dachte ich erleichtert.

„Oh, Hallo kleiner Bruder. Willst wohl wieder verprügelt werden, so wie früher, was? Weißt du noch, was ich immer mit dir gemacht habe? Wie ich dich an den Ohren hochgezogen habe, oder dich an den Beinen aufgehängt habe?" fragte Gunther dreckig lachend.

Halver deutete ein Gähnen an. „Spare dir deine Einschüchterungsversuche, Bruder! Du wirst deinen Atem noch brauchen, zum Kämpfen! Oder willst du mit deinem Gerede nur deine Dummheit kaschieren?" rief Halver zurück. „Du hast die Dummheit eines Wildschweins! Und du willst unser Volk führen?" fragte Halver lachend. Die Umstehenden Männer und Frauen lachten. Gunther brüllte wütend. Das gefiel ihm überhaupt nicht. Niemand durfte ungestraft über ihm lachen!

Eine weitere Taktik von Tong Mey, dachte ich. Mache deinen Gegner wütend. Wut machte unvorsichtig. Halver war also ein guter Schüler gewesen.

„Hört auf zu Lachen" schrie Gunther. Die Menge lachte noch mehr. „Ich sagte, hört auf" Gunther stürzte sich auf Halver. Doch dieser wich elegant, mit einem Schritt nach rechts aus. Gunther rannte ins Leere. Wieder wurde Gelächter laut.

So ging es einige Male. Gunther griff an, Halver wich aus. Immer wütender wurde Gunther. „Bleib stehen, Idiot" schrie Gunther. Er bekam Halver zu packen und presste ihn an sich, um ihm die Luft abzudrücken. Dank des geölten Oberkörpers konnte Halver sich entwinden. Seine Faust traf den massigen Mann mitten im Gesicht, als er sich entwand. Halver hob sein Bein und trat Gunther zwischen die Beine. Die Menschen jubelten, als Gunther getroffen zusammensackte. Halver wandte sich kurz ab. Das war ein Fehler. Gunther erwischte seine Beine und riss Halver zu Boden.

Dann rollte sich der massige Mann über Halver und begrub ihn unter sich.

„Halver" schrie ich verzweifelt. Gunther würde ihn erdrücken. Halver hatte dem Gewicht des riesigen Mannes nicht entgegen zu setzen.

„Jetzt habe ich dich Bruder. Ich werde dich töten" sagte Gunther hasserfüllt. Halver bekam seine Hand frei. Er hob den Handballen und rammte ihn Gunther direkt unter das Kinn. Halver hatte die empfindliche Stelle seines Bruders gefunden. Gunther schrie vor Schmerzen auf. Dann drückte Halver die große Vene an Gunthers Hals. Der Mann lief rot an, japste nach Luft und fiel zur Seite. Hart schlug sein Kopf auf die Erde. Bewusstlos blieb Gunther im Dreck des Platzes liegen. Halver schob ihn beiseite und erhob sich. Er hatte eindeutig gesiegt. Die Menschen jubelten., denn damit hatte niemand gerechnet. Halver klopfte sich den Dreck aus der Hose und kam zu mir herüber. Er löste meine Fesseln und schob mich zum Tisch, an dem die Ältesten saßen.

„Ich bin der Sieger! Ich trete das Erbe von Ulme an." Sagte Halver. Er griff meine Hand und drückte sie. „Ich werde Ronja, Ulmes Tochter, ehelichen!" sagte er laut. Ein lautes Raunen ging durch die Menge. Niemand hatte geglaubt, dass Halver mich heiraten würde. Jeder hatte geglaubt, er würde mich in sein Haus nehmen, ohne den Staus einer ehrbaren Frau. Dazu hatte er als Häuptling jetzt jedes Recht. Schließlich war ich bereits 20 Jahre alt, also zu alt zum Heiraten.

Der Dorfälteste erhob sich nun und sah Halver lange an. „Du willst die Frau ehelichen? Du bist jetzt Häuptling. Du kannst jede unverheiratete Frau haben, die du willst!" sagte der Mann. „Sehe dich um, wir haben viele junge, hübsche Mädchen in unserer Gemeinde. Gesund und voller Kraft. Sie werden dir viele starken Jungen schenken."

Halver schüttelte seinen Kopf. Er hob, seine Meinung bekräftigend, meinen Arm in die Höhe. „Ronja! Hier und jetzt" sagte er laut, dröhnend. Ich schwieg und schloss meine Augen. Tränen durften jetzt nicht mein Gesicht benetzen. Denn ich wusste, warum er mich heiraten wollte.

Denn die Frau, die Halver wollte, konnte er nicht haben. Mein Blick suchte Elenora, die mir aufmunternd zu lächelte. Anscheinend war sie froh, dass Gunther nicht Häuptling geworden war. Ihr Vater jedoch hatte sein Gesicht wütend verzogen. Er merkte nun, dass er bei der Wahl des Schwiegersohnes, einen großen Fehler gemacht hatte.

„Ich werde Ronja zur Oberfrau machen! Sie wird an meiner Seite unsere Gemeinschaft führen! Verheiratet uns, Ältester!" bestimmte Halver laut.

Der Älteste sah zu mir. Ich hob meinen Kopf und nickte. Der Mann begann die Trauformel zu sprechen, als Gunther wieder zu sich kam.

Verwirrt sah er sich um. Niemand achtete auf ihn. Alle standen um uns herum, um der Trauung zu folgen. Schwerfällig erhob sich der massige Mann und taumelte etwas. „Halver hat betrogen! Er kann mich nie besiegen! Er kann nicht Häuptling sein!" schrie Gunther. Er wankte zu uns herüber.

„Der Kampf ist entschieden! Halver hat bewiesen, dass zum Kämpfen mehr gehört, als pure Muskelkraft!" Sagte der Älteste. „Und nun geh fort, Gunther. Du unterbrichst eine Trauung!" Der Mann winkte. Zwei Freunde von Gunther brachten den sich wehrenden Mann fort in das Gemeindehaus. Ich wusste, dort würde sich Gunther nun volllaufen lassen. Dann würde er Nachhause gehen und Elenora quälen.

„Ronja, konzentriere dich" fauchte Halver mich, untypisch, an. Ich zuckte zusammen. Stimmt, richtig. Der Älteste sprach ja die Trauformel. „Du willst wirklich Ronja zu deiner Frau nehmen?" fragte der Mann nun wieder. Halver antwortete mit einem entschiedenen lauten, Ja. Dann wandte der Mann sich an mich.

„Halver heiratet dich, Ronja. Du bist ab sofort sein Eigentum. Wirst du dein Schicksal annehmen und dem Mann gehorchen? Seine Bestrafung für dein Ungehorsam akzeptieren?" fragte er dann mich. Ich schluckte. Ich wollte wiedersprechen, doch Halvers Händedruck warnte mich. „Ja" sagte ich widerwillig. „Sie gehört dir" sagte der Älteste. Halver warf mich, wie es Brauch war, über seine Schulter und trug mich, unter dem Jubel der Dorfgemeinschaft, zu meinem Haus. Hier würden wir ab sofort wohnen. Halver würde seine Hütte abgeben. Ein anderer Junggeselle würde sie beziehen. Mein Haus war der Wohnsitz des Häuptlings. Das größte Haus des Dorfes.

Halver trug mich über die Schwelle und setzte mich in der Stube ab. Dann holte er tief Luft. Er war das erste Mal offiziell hier, mit mir allein. Alle Menschen im Dorf wussten, Halver war bei mir und niemand störte sich daran.

Halver war mein Mann!

Ich stand unter Schock. Noch immer konnte ich es nicht glauben. Halver hat mich geheiratet. Damit hatte ich nicht gerechnet. Ich hatte geglaubt, wenn er den Kampf gewinnen würde, würden wir beide hier wie Freunde zusammenleben. Er in der Schlafstube meines Vaters, ich in meiner Stube! Halver würde sich irgendwann neu verlieben und ich würde im Schatten seiner Liebe leben.

„Du musst nicht nervös sein" sagte Halver nun zu mir. „Wir sind Freunde. Und dass bereits seit deiner Geburt" Er strich mir eine vorwitzige Haarsträhne aus dem Gesicht. „Ich weiß" sagte ich kurzsilbig. Ich senkte meinen Blick, ich wollte Halver nicht die Liebe zeigen, die sich in meinen Augen spiegelte. Halver hob meinen Kopf und senkte seinen Mund auf meine Lippen. Er küsste mich sanft, liebevoll. Ich genoss die Wärme seiner Lippen. Das hatte ich mir schon so lange gewünscht. Doch das durfte Halver nie erfahren.

„Magst du es überhaupt, von einem Mann berührt zu werden?" fragte er mich leise. Verwundert hob ich meinen Kopf. „Ich mag deine Berührungen sehr." Antwortete ich verwirrt. Worauf wollte Halver raus?

Halver nickte. „Ich frage nur, es gibt Frauen und Männer, die mögen nur ihr eigenes Geschlecht" erklärte er. „Wirklich? So etwas gibt es?" fragte ich erstaunt. Ungläubig starrte ich den Mann an, der nun ernst nickte. „Ich befürchtete heimlich, du gehörst dazu. Immerhin bist du bereits 20 und warst bisher nie verheiratet." Gab Halver jetzt zu. „Dann hätte ich dich nur heute geliebt und dich dann in Ruhe gelassen" sagte er weiter, als ich schwieg.

„Du willst mich lieben?" fragte ich Halver. Ich wurde immer verwirrter. Mein Freund, der Held meiner Kindertage, wollte mir beiwohnen, mich begatten? Ich zitterte vor Erregung. Seit ich ihm im Wald beobachtet hatte, hatte ich mir diesen Moment vorgestellt. Ich hatte wach in meinem

Bett gelegen und mir vorgestellt, wie es sein müsste, an Erikas Stelle zu sein. Wie es sein würde, wenn seine, starken Hände über meinen Körper strichen, er sich auf mich legen würde.

„Der Ältestenrat erwartet morgen früh das Betttuch" erinnerte mich Halver an meinem Streit heute Nachmittag. Ich löste mich aus meinen Fantasien und lief hochrot an. Halver lachte. „Es wird nicht so schlimm, wie du denkst. Es wird dir bestimmt gefallen, glaube mir" flüsterte er mir ins Ohr. Ich wurde noch roter. „Vielleicht sollte ich dir erst mal etwas zum Essen machen" sagte ich hastig. Halver nickte. „Gute Idee. Ich habe wirklich Hunger." Sagte er lächelnd.

Halver saß am Tisch und sah zu, wie ich Eier in eine Pfanne schlug. Ich streute Salz darüber und schluckte tief. „Wir sind Freunde. Es fühlt sich merkwürdig an, plötzlich deine Frau zu sein." Sagte ich ehrlich. Dann seufzte ich leise. „Du wirst mich doch wohl nicht schlagen, wenn ich dir nicht willens bin, oder?" fragte ich Halver. Der Mann lachte nun. „Ein oder zwei Schläge beim Beischlaf sind sehr erregend. Aber nein, ich werde dich nicht schlagen, wenn du dich mir verweigerst" antwortete Halver schmunzelnd. Wieder war ich rot geworden. Natürlich würde er mich nicht schlagen. Wenn ich nicht wollte, gab es immer noch Erika und ihre Freundinnen, die im Wald auf ihn warten würden. „Ich bin jetzt verheiratet" sagte Halver, so als habe er meine Gedanken erraten. „Außerdem bin ich jetzt der Häuptling. Ein Häuptling besorgt es nicht den Frauen seiner Männer!" setzte er streng hinzu. Ich reichte Halver den Teller und sah staunend zu, wie schnell er die riesige Portion aß.

Halver schob den leeren Teller beiseite und zog mich an der Hand zu sich herum. Er setzte mich auf den Tisch vor sich. Wo eben noch sein Teller gestanden hatte, saß nun ich. Sollte ich sein Nachtisch werden? Fragte ich mich nervös.

„Du musst keine Angst haben, Ronja" sagte Halver. Seine Hände strichen von meinem Hals über meine Brüste und blieben auf meinem Beinen liegen. „Ich bin sehr erfahren in diesen Dingen und werde dir so wenig wie möglich weh tun. Leider lässt es sich beim ersten Beischlaf nicht vermeiden. Der erste Beischlaf ist für eine Frau immer schmerzhaft." Erklärte Halver mir ernsthaft. Ich nickte. Ich hatte das gewusst. Schließlich war ich nicht dumm, schon oft hatte ich junge Frauen trösten und verarzten müssen, wenn sie nach der Hochzeitsnacht nicht aufgehört hatten zu bluten. Elenora fiel mir wieder ein. Sie hatte noch tagelang geblutet, so brutal war Gunther vorgegangen. Doch schnell verdrängte Ich dle Frau. Dles war meine Hochzeitsnacht, nicht ihre.

Halver beugte sich vor und küsste mich. Nicht sanft diesmal, sein Kuss war drängend, heiß. Er zwang meine Lippen auseinander, seine Zunge verlangte Einlass in meinen Mund. Sie forderte meine Zunge zum Duell. Ich erwiderte den Kuss, meine Zunge kämpfte mit seiner. Ich keuchte heftig. Halvers Hände schoben sich unter mein

Kleid, die Beine hoch. Er hielt mich fest, als ich zurückzuckte. Seine Hände hatten nun meine Scham erreicht. Er strich darüber. Ich begann unerklärlicherweise zu keuchen. Halver merkte es und ein Lächeln glitt über seinen Mund. „Du hast zu viel an" flüsterte er heiser. Wieder wurde ich rot. Gerne wäre ich geflüchtet. Die neuen Gefühle machten mir Angst. Es war ganz anders, als die Gewalt, die Gunther mir gezeigt hatte.

Draußen ging jetzt der angekündigte Regen runter. Heftig prasselten die schweren Tropfen auf das Dach. Ein Blitz, gefolgt von Donner ließ mich zusammenschrecken. Ich hasste Gewitter, es machte mir Angst. Ich fürchtete mich, wenn die Götter zornig waren. Tong Mey hatte mir erklärt, das Gewitter etwas mit Natur zu tun hatte, nichts mit Göttern, doch ich war eine Wikingerin. Wir wussten, Thor schwang zornig seinen Hammer. Wieder donnerte es laut.

Halver hob mich vom Tisch und trug mich in mein Schlafgemach. Er grunzte, als er die kaputte Tür sah. Er stellte mich ab und öffnete mein Kleid. Es fiel zu Boden. „Du bist wunderschön" sagte Halver heiser. Ich schüttelte meinen Kopf. Als schön empfand ich mich nun wirklich nicht. „So wunderschön" wiederholte er. „Zieh dich aus" befahl er mir. Zitternd entledigte ich mich meiner Unterkleider und  stand nackt vor meinem Mann.

Halver schluckte. Er ging um mich herum. Seine Hand strich über meine schmalen Schultern, über meinen Rücken. Dann kam er wieder zu mir herum. Seine Hände umfassten meine Brüste. „Genau eine Handvoll. Genau richtig. Nicht Zuviel, nicht Zuwenig" sagte er leise. Er beugte sich und seine Lippen umschlossen meine Brustwarzen, die sich augenblicklich aufstellten. Ich keuchte, dass hatten sie noch nie getan. Halver lachte. „Das Gefühl ist dir unbekannt, oder?" fragte er. Ich nickte nur. Sprechen konnte ich nicht. „Lege dich hin" befahl er mir nun. Ich zögerte. „Lege dich aufs Bett" befahl er mir nun etwas strenger. „Vertraue mir". Sagte er bittend. „Du musst mir vertrauen, nur dann kann ich weitermachen." Seine Hand lag schwer auf meiner Schulter.

Ich nickte. Ich lag nun auf dem Bett und musste zusehen, wie Halver sich seiner Kleidung entledigte. Er trug noch immer nur die Hose. Er war also schnell nackt. Nackt und wunderschön. Er stand vor mir. Sein hartes Glied ragte mir entgegen. Ich schloss beschämt die Augen. Eine Träne rann mir über die Wange. Ich hatte Angst. Nichts würde sein, wie es gewesen war, wenn Halver mich begattet hatte. Das wusste ich. Ich würde dem Mann für den Rest meines Lebens gehören. Halver griff meine Hand. Er legte sie um sein Glied. Sekundenlang vergaß ich zu atmen. Er führte meine Hand an seinem harten Glied rauf und runter. „Fühle ihn, Ronja. Das bin ich. Fasse ihn an, berühre und spüre ihn." Befahl er mir. Mein Griff wurde fester, mutiger. Halver lächelte, als er es spürte. Er beugte sich zu mir herunter. Seine Hände griffen meine Brüste. Er knetete sie und massierte sie, so wie ich es ihn bei Erika hatte tun sehen. Auch keuchte ich jetzt erregt. Seine

Hände wanderten tiefer, umkreisten meinen Bauchnabel. Seine Zunge folgte. Er versenkte sie in meinem Nabel. Ich schrie auf und ließ sein Glied los. Er griff meine Hand und legte sie erneut um seine harte, große Rute. „Wehe , du lässt mich noch einmal los" drohte er mir liebevoll, doch streng. Ich nickte und fasste kräftiger zu. Meine Finger fuhren über das Glied, drückten und streichelten. Sein Mund wanderte nun tiefer, zu meiner Scham. Ich schrie laut auf, als seine Zunge meinen empfindlichen Punkt erreicht hatte. Er grub sich in meine rote Lockenpracht, seine Hände trennten meine Schamlippen. Nun leckte er meinen Punkt, sog daran. Ich riss meine Beine an meinem Körper, schrie auf und zuckte unkontrolliert. Unbekannte Gefühle, schöne Gefühle, rasten durch mich hindurch. Meine Hände wollten Halver von mir schieben, doch er hielt mich fest. Mit Leichtigkeit griff er mit einer Hand meine Arme und die andere vergrub sich in meine Scham. Er schob mir einen Finger in die Öffnung. Ich schrie erneut auf. „Du bist nass und bereit. Ich werde dich jetzt stoßen" sagte Halver. Ich schüttelte meinen Kopf heftig. Die Gefühle eben waren so schön gewesen, ich hatte Angst vor dem was er nun mit mir machen wollte. „Doch Ronja, das gehört zum Begatten dazu. Ich will auch mein Vergnügen!" sagte Halver streng. Er schob mich auf das Bett und kniete sich zwischen meine Beine. „Sieh mich an, Ronja! Ich will, dass du siehst, was ich mit dir mache" sagte Halver. Er zog an meinen Haaren, als ich die Augen nicht öffnen wollte. „Es wird dir gefallen, Ronja. Sieh mich an!" befahl er streng. Ich öffnete meine Augen. Er legte sich auf mich und drängte meine Beine auseinander. Ich spürte sein Glied zwischen mir. Er griff meine Schamlippen, teilte sie und sein Glied schob sich langsam in mich. Es drückte, schmerzte und war so erregend, dass ich wollüstig aufschrie. Meine Hände krallten sich in seine Schultern, als er sich weiterschob. Ich spreizte willig meine Beine, so weit ich konnte. Mit einem Aufschrei stieß Halver in mich. Ich schrie ebenfalls, es tat höllisch weh. Etwas in mir riss. Halver stieß sich tief in mich. Ich hielt die Luft an, bis der Schmerz abebbte. Halver lag ruhig auf mir, sein Glied tief in mir steckend. Keiner von uns konnte etwas sagen. Dann begann er sich langsam, vorsichtig zu bewegen. Seine Stöße waren kurz und zögernd. „Tut es noch weh?" fragte er mich keuchend. Ich schüttelte meinen Kopf. „Wie fühlt es sich an, Freundin?" fragte er mich leise. „Ich keuchte, hob mein Becken seinem Stoß entgegen. „Ungewohnt" konnte ich sagen, dann rollte eine heftige Welle über mich hinweg. Wieder schrie ich auf, Halver grinste. Seine Stöße wurden länger, harter, schneller. Immer wieder stieß er in mich. Dehnte mich, füllte mich ganz aus. Ich hob mein Becken und kam ihm entgegen. Jetzt hielt Halver mein Becken fest. Er stieß sein Glied tief  in mich. Zweimal, dreimal, dann stöhnte er laut auf. Ich spürte seinen Saft in mich strömen. Das ließ eine weitere Welle der Wollust über mich rollen. Ich bäumte mich auf und schrie erneut. Wieder krallten sich meine Finger in seinen Rücken und hinterließen blutige Spuren.

Wieder donnerte es draußen laut. Ich erschauerte. Mein Zittern ließ etwas nach.

Halver blieb einen Moment regungslos auf mir liegen. Dann stützte er sich auf seine Arme und sah auf mich herunter. „Und, Ronja, Halvers Frau. War es nun so schlimm?" fragte er mich, nachdem er wieder halbwegs atmen konnte. Ich schüttelte meinen Kopf. „Nein, überhaupt nicht" sagte ich leise. „Ich hatte es mir ganz anders vorgestellt" gestand ich. Wieder wurde ich rot. Nein, so hatte ich es mir wirklich nicht vorgestellt, musste ich zugeben. „Also nicht schlimm?" fragte Halver grinsend, er kannte meine Antwort. Er lachte, als ich beschämt meinen Kopf schüttelte.

Das Gewitter hatte an Kraft verloren. Die Blitze wurden weniger, der Donner kam nun von weit fort. Wir beide lauschten den Naturgewalten und schwiegen. Daran konnte ich mich gewöhnen, dachte ich. Zwei Freunde, die ein erotisches Spiel spielten....

Halver rollte sich zur Seite. Seine Hand blieb auf meinem Bauch liegen. „Auch für mich war es das erste Mal" sagte er lächelnd. „Lügner" sagte ich und stieß ihn in die Seite. „Ich weiß, dass du dich im Wald vergnügt hast. Und auf Fahrt seid ihr alle nicht zimperlich." Vaters Geschichten von den Schändungen und Vergewaltigungen der gefangenen Frauen gingen mir durch den Kopf.

„Ich lüge nicht! Es war das erste Mal, dass ich den Akt in einer Frau beendet habe. Du bist die erste, die meinen Samen in sich trägt," erklärte er ernst. „Das habe ich bis eben noch nie auskosten können" Seine Hand strich über meinen flachen Bauch, weiter runter zu meiner Scham. „Du bist meine Frau. Nur du sollst meine Nachfolger tragen". Sagte er streng. Seine Hand begann, ganz langsam, meine Scham zu streicheln. „Starke, große Jungen wie mich und hübsche, kluge Mädchen wie dich." Bestimmte er. Wieder weckte er Gefühle in mir. Ich rekelte mich unter seiner erfahrenen Hand. „Könnte das bedeuten, dass du weiterspielen möchtest?" fragte Halver.

Er setzte kleine Küsse an meinen Hals bis hin zu meinen Brüsten. Ich schob meine Hand zu seinem Glied. Halver war bereits wieder hart und groß. Meine Hand umfasste ihn, er stöhnte leise auf, als meine Hand an ihm hoch und runter strich. „Du lernst schnell" sagte er heiser. „Aber ich wusste ja, wie klug du bist, Weib." Er schob einen Finger in mich. „Nass und bereit" flüsterte er. Er löste meine Hand von seinem Glied und legte sich wieder zwischen mich. Dann schob er sich tief in mich. Ich wartete auf den Schmerz, der jedoch ausblieb. „Diesmal werde ich mir Zeit lassen" flüsterte Halver erregt. „Das kannst du auch. Wir liegen hier im Bett und sind verheiratet. Du bist nicht im Wald, in der Angst, ein eifersüchtiger Ehemann könnte auftauchen" flüsterte ich zurück. Seine Hand klatschte laut auf meinen Po. Doch statt Schmerzen, ging ein Schwall von Lust durch meinen Körper. Ich bockte. Halver lachte, bemüht, nicht abgeworfen zu werden. Er legte meine Beine um seinen Rücken. Jetzt war er zwischen meinen Schenkeln gefangen. „Die

Bemerkung war sehr frech, Eheweib" sagte er keuchend. „Aber andererseits habe ich von dir nichts anderes erwartet." Er schob sich in mich, langsam, quälend. Ich war wie eine gespannte Feder. Mein Körper zitterte, bebte. Ich wartete auf Erlösung. Dann bäumte ich mich auf. Ein Wahnsinns Orgasmus hatte mich erfasst. Halver hielt mich, er füllte mich aus, dann stöhnte auch er laut und ergoss sich tief in mir. „Ist das schön" flüsterte er abgehackt. Ich konnte nicht antworten, ich versuchte zu atmen.

cccccccccccccccccccccccccccccccccccccccccccccccccccccccccccccccccccccc

Plötzlich war lauter Lärm an der Haustür. Es wurde heftig gegen die Tür geschlagen. Irritiert sahen Halver und ich uns an. Wer würde wagen, uns zu stören? Wir hatten unsere Hochzeitsnacht. Es war ein ehernes Gesetz, Paare in dieser Nacht nicht zu stören! Auch wenn unsere Ehe keine normale Ehe mit Feier und Gelage gewesen war, so galt dieses Gesetz auch für uns. Verwundert sahen wir uns an.

Wieder wurde heftig gegen die Tür geschlagen. Wütend erhob Halver sich und griff nach seiner Hose. „Bleib liegen, Ronja. Ich muss sehen, was Schlimmes passiert ist, dass man wagt, uns heute zu stören." Befahl er. Ich wollte mich erheben, doch Halver wies verärgert auf das Bett. Ich ließ mich also zurückfallen. Ich sollte meinem Mann gehorchen. Wenigstens heute Nacht, dachte ich amüsiert.

Halver war mein Mann. Er hatte mich geheiratet und mich begattet. Er hatte mir beigewohnt, wie ein Mann seiner Frau beiwohnte. Ein Lächeln glitt über meinen Mund. Er hatte mich heftig geliebt. Er hatte Gefühle in mir geweckt, die süchtig machten. Vorsichtig glitt meine Hand zu meiner Scham. Ich war wund. Das war auch kein Wunder, dachte ich schmunzelnd. Doch ich blutete nicht mehr. Halver hatte mich also nicht verletzt.

Dann verfinsterte sich meine Miene. Halver liebte mich nicht. Freundin, so hatte er mich während des Aktes genannt! Er behandelte mich wie eine lebenslange Freundin. Wir spielten nur ein neues Spiel. Mehr war es für Halver nicht. Nur ein erotisches Spiel. Er würde mich nie lieben. Tränen liefen über meine Wangen. Meine Liebe zu dem Mann würde unerfüllt bleiben. Und er durfte nie um meine Gefühle für ihn wissen. Wahrscheinlich hätte er dann Mitleid mit mir und seine Achtung für mich würde gnadenlos sinken. Ich wollte nicht, dass er mich aus Mitleid begattete, seinen Blick voller Trauer dabei könnte ich nicht ertragen.

## 5. Kapitel

Halver kam nicht wieder. Ich lag im Bett und wartete, doch Halver blieb fort. Langsam machte ich mir Sorgen. Es musste wirklich etwas Schlimmes passiert sein, wenn er nicht zurück zu mir kam.

Trotz seiner Anordnung, im Bett zu bleiben, zog ich mich an. Das Betttuch fiel mir ins Auge. Es wies Blut und Spermaspuren auf. Schnell warf ich die Decke darüber. Dann griff ich mir eine Laterne. Ich musste sehen, was meinem Mann davon abhielt wieder zu mir zurückzukommen. Es regnete noch stark. Ich schlug den Kragen meiner Felljacke hoch, trotzdem tropfte es mir in den Nacken. Ich erzitterte. Meine Haut war noch empfindlich nach dem Liebesakt eben.

Ich musste nicht lange suchen. Eine aufgeregte Menschenmenge wies mir den Weg. Er führte mich zu Gunthers Haus.

Hatte der brutale Mann jetzt seine Frau totgeschlagen? Hatte er Elenora für seine Niederlage heute Nachmittag leiden lassen? Hatte er sie vergewaltigt und geschlagen, weil mich nicht bekommen hatte? Irgendwann musste passiert sein. So viele Menschen, die hier, mitten in der Nacht standen und warteten. Sie bildeten zögernd eine Gasse, als ich ankam. Sie ließen mich in Gunthers Haus treten. Das Haus war, wie ich es in Erinnerung hatte, verdreckt und unordentlich. Vorsichtig ging ich weiter.

Mein Herz blieb stehen, schlug rasend schnell und zerbrach in tausend Teile. Nichts würde es je wieder reparieren können!

Halver, der Mann der mich bis vor wenigen Momenten noch heftig geliebt und begattet hatte, stand in der Stube des Hauses und hielt Elenora in seinen Armen. Er presste die weinende

Frau fest an sich. Tröstend strichen seine Hände über ihr seidiges, glänzendes Haar.

Ich erstarrte. Unfähig, mich zu bewegen.

Ich wendete meinen Kopf, um das Bild, dass sich mir bot, auszublenden. Was war ich nur dumm gewesen! Wie hatte ich mir einbilden können, es würde mit Halver und mir funktionieren? Er könnte Elenora je vergessen? Wie dumm war ich eigentlich. Halver würde mir nie gehören! Ich blieb, was ich immer gewesen war. Einsam!

Jetzt fiel mein Blick auf einen Mann, der am schmutzigen Boden lag. Gunther! Der massige Mann lag am Boden, regungslos, Tot! Langsam bewegte ich mich, um mir den Mann genauer anzusehen. Meine Beine gehorchten nur widerwillig, ich stolperte.

Jetzt hatte Halver mich entdeckt. Er ließ Elenora los und kam zu mir herüber. Ich schüttelte wütend und angewidert seine Hand ab, die er mir auf die Schulter legen wollte. Verwundert sah er mich an. „Geh, tröste weiter Elenora!" flüsterte ich wütend. „Darin bist du ja richtig gut". Fluchte ich meinen Mann an. Halver zog zornig seine Augen zusammen, schwieg aber.

Ich beugte mich zu der Leiche herunter. Der Mann, der mich verfolgt, bedrängt und fast vergewaltigt hätte lag nun regungslos vor mir. Halb unter dem großen Tisch, der die halbe Stube einnahm. Er lag mit dem Gesicht nach oben vor mir. Mit weit aufgerissenen Augen starrte er ins Leere. Ich unterdrückte einen Würgereflex. Dann stellte ich die Laterne ab und versuchte, den Mann umzudrehen. Es erwies sich als schwer. Gunther war, durch seinen Tod, anscheinend noch schwerer geworden. Halver kam und kniete sich neben mich. Er überhörte mein wütendes Knurren und half mir, Gunther umzudrehen. Ich hob meine Laterne und nickte. Eine riesige blutige Wunde klaffte am Hinterkopf des Mannes.

„Er wurde erschlagen" flüsterte Halver. Sein Blick suchte Elenora. Ihre Mutter war jetzt erschienen und nahm sie in die Arme. „Aber wie? Elenora hätte das nie geschafft!" fragte Halver mich. Ich schwieg. Ich wollte mit dem Mann, der mir innerhalb von Sekunden das Herz gebrochen hatte, nicht reden. Ich hätte ihn die Geschichte mit der gusseisernen Pfanne berichten können, doch ich schwieg. Er war jetzt der Häuptling. Er war jetzt das Gesetz hier! Sollte er doch herausfinden, wie Gunther sterben konnte! Wieder wollte Halver mich berühren, wieder schüttelte ich verärgert seine Hand ab. Ich erhob mich, ohne Halver zu beachten. „Elenora kann heute Nacht nicht hierbleiben" sagte ich laut. Die Männer mussten Gunther rausbringen, ihn aufbahren. Halver nickte.

„Elenora kommt mit zu uns" sagte ihre Mutter. Doch Elenoras Vater schüttelte hart seinen Kopf. „Sie hat unser Haus verlassen! Jetzt ist ihr Mann tot. Vielleicht hat sie ihn getötet! Ich beherberge keine Mörderin in meinem Haus. Ich lade mir nicht Odins Zorn auf!" sagte er hart. Wieder weinte Elenora laut auf. Ein lautes Raunen ging durch die Menge, doch jeder schwieg, Niemand bot der jungen Frau, die bis heute jeder bewundert hatte, weil sie als neue Oberfrau gegolten hatte, Obdach an. Niemand wollte die Götter erzürnen.

„Wir nehmen Elenora mit zu uns" sagte ich schwer. Halver sah mich fragend an. Was er wohl in diesem Moment dachte? Ich wusste es nicht. Ich wusste nur, ich holte die Frau in mein Haus, die mein Mann liebte und wohl immer lieben würde. Das Bild, das sich mir beim Eintritt in dieses Haus geboten hatte, war eindeutig gewesen. „Ich werde alles vorbereiten" sagte ich laut. Dann ließ ich Halver, Elenora und alle anderen Menschen stehen. Ich drehte mich nicht um, als Halver mir dankend eine Hand auf die Schulter legte. „Es ist spät.. Ich sollte mich beeilen. Schicke die Menschen ins Bett!" sagte ich nur, ohne Halver anzusehen. Ich befreite mich von seiner Hand und ging zurück zu meinem, nein

Halvers Haus. Jetzt war er mein Herr. Alles was ich besessen hatte, gehörte nun ihm. Einschließlich meinem Körper....

Ich bereitete im Obergemach ein Bett für Elenora. Ob Halver sie hier aufsuchen würde? Würde er seine Chance jetzt nutzen, jetzt da Elenora wieder frei und ungebunden war? Würden sie sich hier vergnügen, während ich unten in meinem Bett lag und mich in den Schlaf weinte? Ob Halver jetzt unsere überstürzte Hochzeit bereute? Hätte er noch einen einzigen Tag gewartet, hätte er die Frau seiner Träume heiraten können. Alles, was er Elenora jetzt anbieten konnte, war, als Zweitfrau hier bei uns zu leben. Doch das würde ich dann nicht mehr erleben. Ich würde nicht hier leben und zusehen, wie Elenora und Halver ihre Liebe auskosteten.

Ich ging in meine Stube. Das blutige Laken lachte mir voller Hohn entgegen. Es bewies, was ich Halver diese Nacht freiwillig geschenkt hatte. Wutentbrannt riss ich das Laken vom Bett und schleuderte es in die Ecke. Dann zog ich ein neues Laken auf und zog mich aus. Ich kroch unter die Decke, zog sie mir über den Kopf und weinte hemmungslos. Jetzt bedauerte ich meine zerbrochene Tür. Gerne hätte ich mich eingeschlossen, die Welt vor der Tür ausgesperrt.

Ich hörte die Haustür aufgehen. Leise Stimmen. Die von Halver, die von Elenora. Dann hörte ich Schritte auf der schmalen Stiege. Waren sie beide jetzt nach oben gegangen? Wieder schüttelte mich ein Weinkrampf.

Eine Kerze wurde entzündet. Halver erschien in meiner Schlafstube. Grimmig sah er auf das schmutzige Laken in der Ecke. Dann sah er auf mich. Ich rollte mich eng zusammen, als er zu mir kam und die Kerze abstellte.

Halver grunzte, als ich seine Hand wegstieß. Er hatte mich streicheln wollen, doch ich kroch nur weiter in mein Bett. Halver blies die Kerze aus. Dann griff er mich und nahm mich, trotz Widerstands auf die Arme. Er trug mich durch die

Stube ins große Schlafgemach. Dort legte er mich ins Bett. Er entledigte sich seiner Kleidung und legte sich zu mir. Seine Arme hielten mich gefangen. Ich wollte von ihm abrücken, doch sein harter Griff zog mich an seine Brust. Er drückte meinen Po an sich, seine Hand vergrub sich in meine Scham. Wieder erregte er mich. Ich wehrte mich, doch sein harter Griff hielt mich gefangen. Ich wurde feucht und keuchte, als er seinen Finger in mich schob. Er zog ihn heraus, dann schob er sich in mich. Er lag hinter mir, sein Glied tief in mir und begann sich zu bewegen. Er lockerte den Griff um mich, seine Hand umfasst nun mein Gesäß und drückte es an sein Glied. Seine Finger umspielten meinen empfindlichen Punkt. Trotz Widerwehr rollten die Gefühle durch meinen Körper. Ich wollte aufschreien, als ein Orgasmus mich erfasste. Doch schnell lag Halvers Hand auf meinem Mund und erstickte den Schrei. Er bewegte sich in mir, tief und fest. Ich genoss jeden seiner Stöße. Wieder bäumte sich mein Körper auf, als er sich in mir entleerte. Er zog meinen Kopf an den Haaren zu sich herum und küsste mich kurz.

„Für so eine kluge Frau bist du reichlich dumm" sagte Halver. Dann gähnte er und schlief augenblicklich ein. Ich weinte mich in den Schlaf.

cccccccccccccccccccccccccccccccccccccccccccccccccccccccccccccccccccccccccccccccccccc
c

Die Sonne stand bereits hoch am Himmel, als ich wach wurde. So lange hatte ich noch nie geschlafen! Meine Hand glitt zur anderen Betthälfte. Sie war leer. Und kalt. Ich lag allein im großen Bett meiner Eltern. Halver war fort. Ich ließ mich zurückfallen. Wieder kamen die Erinnerungen an die letzte Nacht in mir hoch. Halver hatte mich, gegen meinen Willen, geliebt! Er hatte mich, trotz Gegenwehr, begattet, dachte ich zornig. Doch dann schalt ich mich Lügen. Er hatte doch leichtes Spiel gehabt. Ich hatte mich doch nicht wirklich gewehrt, als er sich von hinten in mich geschoben hatte! Ich war wütend auf ihn. Ich war enttäuscht. Und doch hatte es Halver nicht davon abgehalten, mich zu nehmen.

Frustriert erhob ich mich. Eine angenehme Schwere in den Beinen. Wo war Halver jetzt?

Elenora fiel mir wieder ein. Sie schlief ja im Gemach unter dem Dach! Ob Halver bei ihr sein würde? Vielleicht war er ja in der Nacht, als ich schlief, zu ihr, um dort weiter zu machen, wo er bei mir aufgehört hatte! Er war jung und stark. Es würde ihm bestimmt keine Schwierigkeiten bereiten, zwei Frauen nacheinander zu begatten!

Ich schämte mich meiner Gedanken, als ich die Stiege hochstieg. Elenora lag schlafend im Bett, allein. Es sah auch nicht aus, als habe sie heute Nacht Besuch gehabt.

Ich war erleichtert, wenn ich mich auch deshalb schämte. Halver hatte mein Bett also nicht verlassen heute Nacht. Doch wo war mein Mann nun? Ich ging in meine Schlafstube. Das schmutzige Laken war verschwunden! Halver musste es an sich genommen haben. Ich machte das Bett und ging in die Stube zurück, wo ich ein Feuer entzündete. Das Unwetter heute Nacht hatte die Temperatur fallen lassen, es war kalt im Haus. Ich hängte den Kessel über das Feuer und erwärmte Wasser. Ein Tee würde mir guttun. Dann musste ich Elenora wecken und sie zu ihrem Haus zurückbegleiten.

Ich setzte mich an den Tisch, legte meinen Kopf in die Hände. Halver hatte mich gestern geheiratet und zu seiner Frau gemacht in der vergangenen Nacht. Und das nicht nur einmal. Er hatte mir dreimal beigewohnt. Ein erregtes Ziehen ging durch meinen Körper, als ich an die Gefühle dachte, die er in mir geweckt hatte.

Ob er die Hochzeit jetzt bereute? Hätte er nur eine Nacht gewartet, hätte er Elenora zu sich nehmen können. Wieder kreisten meine

Gedanken um diese Frage. Ich grübelte noch, als ich Schritte auf der Stiege hörte. Elenora war wach und kam nun in die Stube. Suchend sah sie sich um.

„Halver ist draußen" sagte ich, ich wusste, nach wem sie suchte. Elenora nickte unsicher und kam zu mir. Sie schenkte sich Tee ein, dann schwiegen wir beide. Jeder hing seinen Gedanken nach.

„Ich habe mich noch nicht für die Rettung neulich Nacht bedankt bei dir" sagte ich endlich. „Wärst du nicht gekommen, dann" weiter sprach ich nicht. Elenora trank langsam ihren heißen Tee. „Ich musste kommen. Keiner unserer ach so starken Krieger traute sich!" sagte sie verächtlich. „Sie alle wussten, dass Gunther sich strafbar machte, doch keiner hielt ihn auf! Ich wollte nicht, dass dir dasselbe wiederfährt, wie mir jeden Abend" Sagte sie bitter. Ich legte meine Hand auf ihre. „Du warst unglaublich mutig, Danke" sagte ich und unterdrückte meine Tränen. Sie lächelte sanft. „Oh, ich bin ein ziemlicher

Feigling, weißt du? Rollo hat mich dazu gebracht, dir zu helfen. Er sagte, einer müsse dir beistehen. Und erst wollte er Gunther niederschlagen. Doch ich wollte nicht, dass er den Zorn von Gunther abbekommt, sollte dieser es bemerken" erklärte sie mir.

„Habe ich dir auch die Wachen in meinem Garten zu verdanken?" fragte ich weiter. „Rollo hat die Männer unter Druck gesetzt. Rollo ist kein Krieger, wie du weißt. Doch er ist ein geschickter Handwerker und Geschäftsmann. Jede unserer Familien hier hat Schulden bei ihm. Rollo hat ihnen allen gedroht, diese einzutreiben, sollte dir etwas zustoßen." Erklärte Elenora weiter.

Verwundert zog ich meine Augen zusammen. Das verstand ich nicht. Warum hatte Roll das getan?

Gerade wollte ich sie danach fragen, als die Tür aufging und Halver hereinkam. Sein Blick ging zwischen Elenora und mich hin und her. Ich erhob mich, um ihm Tee zu bringen. Er griff mich und küsste mich kurz auf den Mund. Elenora wandte ihren Kopf ab. Ich wechselte meine Gesichtsfarbe und brachte Halver damit zum Schmunzeln.

Dann wurde Halver ernst. Er nahm dankend den Tee und setzte sich Elenora gegenüber. „Die Männer glauben, du hast Gunther ermordet" sagte er schwer. „Sie werden in vier Tagen, nach Gunthers Bestattung, einen Prozess führen."

Elenoras Kopf schoss hoch. Damit hatte sie anscheinend nicht gerechnet. „Das kann nicht dein Ernst sein, Halver. Du musst mir helfen" flehte sie. Ungläubig starrte sie Halver, dann mich an. Natürlich fragte sie ihn, den Mann, den sie liebte, um Hilfe, dachte ich grimmig. Ich kniff meinen Mund zu einem Strich, um nichts Unangebrachtes zu sagen. Ich schenkte mir Tee nach und setzte mich neben Elenora. „Erzähle uns, was gestern Nacht passiert ist. Alles, ganz genau. Von Anfang an," bat ich die Frau, die wie Espenlaub zitterte.

„Gunther war furchtbar wütend. Er hatte den Kampf gegen seinen Bruder verloren. Gegen

Halver, den er doch sein Leben lang gequält hatte." Elenora schluckte. „Weißt du, dass Gunther mich nur geheiratet hat, weil du mich gewollt hast?" fragte Elenora Halver und senkte ihre Augen. Ich wandte meinen Kopf ab. Halver sollte nicht den Schmerz darin sehen. Er grunzte nur, schwieg aber. „Das hat Gunther mir oft vorgeworfen. Er wollte mich nur, weil dir weh tun wollte. Du warst immer der gute Sohn. Der Mann, den alle im Dorf achten und mögen. Ulme hielt große Stücke auf dich, nahm dich oft mit in sein Haus, und beriet sich mit dir! Gunther hassten und fürchteten alle. Egal. Jedenfalls war er gestern volltrunken und wütend wie noch in seinem Leben. Er konnte sich nicht erklären, wie du so gut kämpfen gelernt hast. Er kam Nachhause und augenblicklich fiel ihm wieder ein, warum er mich geheiratet hatte. Und dass ganz umsonst! Er schlug mich und zog seinen Gürtel aus der Hose. Ich wusste, er wollte mich peitschen. Ich kroch unter den Tisch. Er kam hinterher und erwischte meinen Fuß. Er zog mich unter dem Tisch hervor. Dann stieß er mit dem Hinterkopf unter die Tischkante. Er kippte einfach um! Sein Kopf platzte auf. Blut spritzte und er lag tot da. Einfach tot!" sagte Elenora. Sie weinte, ich reichte ihr ein Tuch. Halver schwieg. Er konnte sich keinen Reim auf die Geschichte machen. Log Elenora? Wollte sie ihren Kopf aus der Schlinge ziehen? Er wusste es nicht. Doch in meinem Kopf arbeitete es bereits. Ich überlegte fieberhaft.

„Ich bringe Elenora zurück in ihr Haus" sagte ich jetzt. Halver nickte. „Mach das" sagte er nur. Er hatte bemerkt wie ich grübelte und wusste, ich würde die Wahrheit finden. Er erhob sich und nahm sich einen Apfel aus der Schale. „Ich werde beim Bootsbau helfen" sagte er. Die Männer hatten begonnen, ein Boot für Gunther zu bauen. Er war nur ein Krieger und würde in einem wesentlich kleineren Schiff als mein Vater bestattet werden.

„Wir alle glauben, dass Ulmes geniale Ideen von Halver stammen" sagte Elenora nun leise. „Die beiden Männer haben immer zusammengehangen und anschließend hatte Ulme gute Ideen" erklärte Elenora. Ich unterdrückte ein Grunzen. Natürlich schrieben sie die Ideen Halver zu. Keiner würde auf den Gedanken kommen, eine Frau sei für die Verbesserungen im Dorf verantwortlich!

Wir gingen über den Dorfplatz. Die Frauen, die am Brunnen Wasser schöpften, wandten sich von uns ab, als wir an ihnen vorbei gingen. „Jetzt weiß ich endlich, wie du dich alle Jahre gefühlt haben musst" sagte Elenora. Sie spürte den Argwohn und die Abneigung der Menschen, die sie noch vor zwei Tagen wie ihre neue Oberfrau behandelt hatten.

Wir hatten jetzt Elenoras Haus erreicht. Sie trat zögernd ein. Gunthers Körper war fort. Die Möbel standen wieder an ihrem Ort. Sie ging zum Kamin und entzündete ein Feuer. Es war kalt im Haus. In der Ecke stapelte sich schmutzige Wäsche.

Dreckiges Geschirr in einer anderen. Es roch unangenehm im Haus. Ich rümpfte die Nase.

„Glaubst du auch, dass ich Gunther erschlagen habe?" fragte Elenora mich jetzt. Sie beobachtete mich, die ich suchend, tastend, durch die große Stube ging. Stehenblieb, überlegte und weiter ging.

„Zu verdenken wäre es dir nicht" sagte ich grimmig. „Aber nein. Ich denke, ich weiß was passiert ist. Im Grunde genommen, hast du Gunther erschlagen, aber nicht absichtlich" sagte ich. Ich entzündete eine Kerze und kniete mich unter den großen, schweren Tisch. Ich leuchtete die Unterseite ab. Dann nickte ich. „Du bist unschuldig. Und dass müssen wir jetzt nur noch in die Schädel der idiotischen Männer prügeln" sagte ich. „Aber leicht wird es nicht werden."

„Hätte Gunther mich totgeschlagen, hätte niemand ein Wort darüber verloren" sagte Elenora jetzt bitter. „Die Männer können mit uns Frauen machen was sie wollen. Sie können uns sogar verkaufen! Sie schlagen uns und quälen uns. Doch wenn wir uns wehren, werden wir bestraft!" sagte sie weiter. Ich nickte ihr zu. Sie hatte ja Recht. Zum ersten Mal flackerte so etwas wie Achtung für die Frau in mir auf. Dann fluchte ich still. Ich wollte keine Achtung für sie empfinden! Die Frau würde mir den Mann wegnehmen, den ich liebte, schon so lange liebte. All die Jahre hatte ich gehofft und gewartet. Endlich gehörte er mir. Und jetzt...

„Versuch, etwas Ordnung zu schaffen" sagte ich traurig. Ich ließ Elenora in ihrem Haus und ging zurück. Sie durfte es, so wie ich erst vor kurzem, drei Tage das Haus nicht verlassen.

Am Ufer sah ich die Männer, sie bauten am Boot. Unter ihnen, leicht an seiner Größe zu erkennen, Halver. Er sah mich, hob seinen Arm und winkte. Dann beugte er sich wieder zu den Holzbrettern.

In meinem Haus angekommen, überlegte ich weiter. Es würde schwer werden, die Männer von Elenoras Unschuld zu überzeugen. Die Männer waren alle einfach und nicht gerade intelligent. Ihre Welt war in Ordnung, wenn ihre Frauen gehorsam und willig waren. Ihre Abende verbrachten sie im Gemeindehaus. Dort tranken sie und prahlten mit ihren Geschichten. Dann gingen sie Nachhause, wo ihre Frauen bereits auf sie warteten. Vater hatte das Gemeindehaus so gut es ging, gemieden. Er war nur zu Versammlungen oder Festen dort erschienen. Wie würde Halver es halten? Ich wusste es nicht.

Das Feuer brannte gut und die Suppe kochte darüber, als Halver am späten Nachmittag das Haus betrat. Er stellte sich an den Kamin und wärmte sich. Ich schmunzelte. Halver hatte keine warme Jacke. Als Junggeselle hatte er keine Frau gehabt, die für ihn genäht hatte. Ich erhob mich und ging an Vaters Truhe. Dort lag die Felljacke, die ich im Sommer für Vater genäht hatte. Ich hatte sie ihm zum Winterfest schenken wollen.

„Probiere sie an" befahl ich jetzt. Halver drehte sich erstaunt zu mir herum. Ich hielt ihm die Jacke entgegen. Verblüfft nahm Halver die Jacke und hielt sie in die Höhe. „Sie ist ja wunderschön" sagte er lobend. „Und riesig, ich weiß" antwortete ich trocken. Vater war wesentlich breiter als Halver gewesen. „Ziehe sie an, ich muss sehen, wo ich sie abnähen muss" befahl ich erneut.

Halver kicherte albern, als ich ihn im Kreis drehte, die Jacke schob und hob. „Halte still!" befahl ich. Ich schloss sie über seine Brust, indem ich einen kleinen Knochen durch einen Schlitz auf der anderen Seite steckte. „Was ist das?" fragte Halver erstaunt. Bislang hatte er seine Jacken und Westen immer zusammengebunden. Das war mühselig, die Bänder lösten sich oft oder rissen, wenn sie mürbe wurden.

„Das habe ich mir ausgedacht. Schau her" erklärte ich. Wieder steckte einen Knochen durch einen Schlitz. „Das hält besser. Bänder lösen sich.

Der Knochen hält" erklärte ich. Halver nickte verwirrt. Er versuchte es selbst. Dann, nach zwei Versuchen hatte er den Dreh raus. Er grinste wie ein Kind zum Winterfest. Ich erwiderte das Grinsen. „Setz dich, die Suppe ist fertig" sagte ich und sah zu wie er versuchte, die Jacke wieder auszuziehen. Endlich hatte er sich ausgezogen und setzte sich. Wir aßen unsere Suppe.

„Du kannst kochen, bist wunderschön und außergewöhnlich klug." Sagte Halver, als er seine zweite Schale Suppe geleert hatte. Ein leises Rülpsen unterstrich seine Worte. „Solch schöne Jacke hatte ich noch nie!"

„Du musst nicht schleimen, Halver. Wir sind Freunde. Und das schon lange. Außerdem warst du bist gestern Junggeselle. Da hängt deine Messlatte nicht allzu hoch." Antwortete ich schmunzelnd. Ich räumte die Schalen ein. Halver griff nach mir und zog mich auf seinen Schoss. Dann seufzte er. „Freunde, ja?" fragte er grimmig, fast wütend wie es mir schien. Doch das bildete ich mir nur ein, dachte ich.

Halver zog an meinem schweren Haarzopf und lachte, als ich mich befreien wollte. Er küsste mich hart. Dann seufzte er erneut. „Wie hat dein Vater es immer angestellt, dich, um Rat zu fragen, ohne selbst dumm zu erscheinen?" fragte Halver mich jetzt. Ich kicherte, unnatürlich für mich. „Vater hat mich geradeheraus gefragt, Halver. Er sagte immer, ich sei ein Wunder. Eins, dass nur alle paar Generationen vorkommt. Er hatte kein Problem damit, mich um Rat zu fragen. Und du solltest auch kein Problem damit haben." Ich strich mit meinem Finger über Halvers Augenbrauen.

„Gut, also. Frage ich dich! Hast du eine Lösung für Elenoras Problem?" fragte er mich jetzt. „Denn ich weiß nicht weiter. Die Männer sind von ihrer Schuld überzeugt." Erklärte er mir.

Ich erhob mich von seinem Schoss und schenkte mir Tee ein, dann schöpfte ich Met für Halver.

Schweigend stellte ich ihm das Getränk auf dem Tisch. „Was passiert jetzt mit Elenora?" fragte ich ihn dann. Ohne auf seine Frage zu antworten.

Halver trank sein Met. Er wischte sich den Schaum aus dem Gesicht. „Wenn sie schuldig gesprochen wird, muss sie sterben. Entweder durch die Hand ihres Vaters oder der Hand eines männlichen Familienmitglieds von Gunther." Sagte er. Ich schluckte. Das würde bedeuten Halver musste Elenora töten!

„Wird sie freigesprochen, dann können die Männer sich um sie bewerben. Sie ist jung, schön und Gunther hat ein gutes Vermögen angehäuft." Erzählte er weiter. Dann schwieg er. Ich schluckte erneut tief, um meine Tränen zurückzuhalten.

„Du hast Vorrecht auf sie. Sie könnte hier als Zweitfrau einziehen," sagte ich und hasste mich im selben Moment für meine Worte. „Ich weiß doch, was du für sie empfindest" setzte ich hinzu. Diesmal konnte ich die Tränen nicht zurückhalten.

Sie liefen mir über das Gesicht. Halver schwieg. Er sah mich nur an.

„Ich kann Elenoras Unschuld beweisen." Sagte ich traurig. „Ich weiß, was geschehen ist!" erklärte ich grimmig. Es wäre ein Leichtes gewesen, diese Tatsache zu leugnen. Ich hätte sagen können, dass ich keine Lösung wusste. Elenora würde sterben und wäre dann für immer aus meinem Leben verschwunden. Dann hätte Halver mir gehört. Wir könnten zusammenleben, uns in der Nacht beiwohnen und vielleicht, eines Tages, würde er ebenso viel für mich empfinden, wie ich für ihn.

Halver erhob sich. Er kam um den Tisch herum und zog mich hoch. Dann nahm er mich in die Arme. „Obwohl du befürchtest, ich könne Elenora zu meiner Zweitfrau machen, sie in mein Bett holen und dich vergessen, willst du ihr beistehen?" fragte er mich. Ich schwieg. „Antworte" befahl er mir und zog an meinem Zopf. „Du liebst Elenora, sie liebt dich. Dagegen ist selbst Odin machtlos. Wir sind Freunde, Halver. Wenn ich deiner Liebe helfen kann, tue ich das. Niemand soll büßen für etwas, was er nicht getan hat" sagte ich hastig und versuchte, mich von Halver zu befreien. Doch er hielt mich gefangen. Jetzt hob er mich auf und trug, mich, trotz Gegenwehr, in die große Schlafstube. Dort warf er mich auf das Bett. Groß stand er vor mir.

„Höre mir gut zu, Mädchen! Ich habe mich gestern für dich entschieden! Ich habe es mir reiflich überlegt! Wie der Älteste bereits sagte. Ich hätte mir jede Frau wählen können. Doch ich wählte dich! Und du bist mir Frau genug! Ich brauche keine Zweite im Haus. Ich habe gut gewählt. Du kannst kochen, bist wunderschön und klug" sagte er. Er begann mit seinen Händen an meinen Beinen hoch zu streichen. Mit einem Griff hatte er mir die Unterkleider heruntergezogen. Er rutschte zwischen meine Beine und vergrub seinen Kopf in meine Scham. Ich ließ mich zurückfallen, krallte meine Finger in die Decke, während er mich mit Händen und

Mund verwöhnte. Er schob einen Finger in mich. Ich war nass und heiß. Er nickte. „Und du bist die perfekte Partnerin im Bett" sagte er heiser. Er öffnete seine Hose. Sein Glied war hart und groß, als er sich in mich schob.

## 6. Kapitel

Heute war der Tag der Verhandlung.

Ich erwachte, dicht an Halver gedrückt. Er lag hinter mir, sein Arm hielt mich gefangen. Wir hatten uns in der vergangenen Nacht heftig geliebt. Jetzt schlief er, leicht schnarchend. Vorsichtig löste ich mich aus seinem Griff und zog mir mein Kleid über. Es war kalt im Haus. Schnell holte ich Holz und entfachte ein Feuer. Dann setzte ich Wasser für einen Tee auf. Ich stellte mich ans Fenster. Der Winter würde dieses Jahr früh kommen. Halver sollte die Menschen auffordern, sich Holzvorräte anzulegen. Die Kinder sollten Holz sammeln für die Alten, die nicht mehr in den Wald konnten. Das musste ich Halver sagen. Doch erst einmal mussten wir die Verhandlung hinter uns bringen.

Meine Gedanken schweiften zurück. Gestern war Gunthers Bestattung gewesen. Es waren nicht so viele Menschen erschienen, wie bei meinem Vater. Das Boot war nicht so prächtig geschmückt gewesen. Halver hatte Frauen beauftragt, Kränze zu binden. Diese waren jedoch klein und schmucklos gewesen. Wir hatten am Ufer gestanden und zugesehen, wie das Boot zum Meer trieb. Halver hatte einen Pfeil entzündet und das Boot in Brand gesteckt. Es versank, wir gingen schweigend wieder unserer Wege. Niemand hatte ein Wort verloren. Elenora ging neben uns. Auch sie schwieg. Ich hatte ihr angeboten, die Nacht wieder bei uns zu verbringen, doch sie hatte abgelehnt.

Heute also war der Tag, an dem über Elenoras Schicksal entschieden wurde.

„Rieche ich etwa Grütze?" fragte Halver. Er war wach geworden und kam nun in die Stube. „Nein" sagte ich. Ich hatte noch nicht zu kochen begonnen. „Könnte ich Grütze riechen?" fragte er schelmisch. Er küsste mich aufs Haar und schenkte sich Tee ein. Gutmütig erhob ich mich und suchte mir Zutaten zusammen.

„Nervös wegen heute?" fragte er mich, als ich Milch erhitzte. „Nein, warum? Ich werde dir alles genau erklären. Du musst es dann nur den Männern einbläuen. So, wie Vater es immer getan hat" sagte ich. „Ich habe eine bessere Idee" sagte Halver und trank nachdenklich Tee. „Du wirst es den Männern erklären." Sagte er und lächelte, als ich herum schoss, um ihn anzusehen. „Vorsicht, die Milch brennt an" warnte Halver lachend. Ich rührte schnell um und gab den Hafer hinzu. „Ja, jetzt rieche ich Grütze" sagte er schnuppernd.

Ich stand vor der Tür des Gemeindehauses, welches heute als Gerichtssaal diente. Die Männer hatten sich darin im Halbkreis versammelt. In der Mitte des Kreises stand Elenora. Es war eine Ausnahme, dass sie die Halle betreten durfte, oder musste, denn sie war ja die Angeklagte. Ich sah durch das Fenster und schnaufte wütend. Elenora musste stehen! Die Männer saßen und sie musste stehen!

Jetzt erhob sich Halver und trat in die Mitte. Er hob seinen Arm, um für Ruhe zu sorgen. „Eine Frau ist heute angeklagt, ihren Mann und Herren umgebracht zu haben!" sagte er laut. Die Männer nickten und wiesen auf Elenora. Die Frau wirkte klein und verloren. „Wir können nicht wissen, was in der Nacht passiert ist!" sagte Halver weiter. Wieder nickten die Männer. „Wer will die Frau verteidigen?" fragte Halver wieder. Keiner der

Männer meldete sich. Rollo wollte sich erheben, doch Halver machte ihn Zeichen sich wieder zu setzen. Denn das war jetzt meine Zeit. Ich öffnete die Tür und trat ein. „Ich werde Elenora, Frau von Gunther, verteidigen" sagte ich laut und nickte Halver zu.

„Was sucht deine Frau hier in der Halle!" schrie Grond. „Ist der Hexe denn nichts heilig?" Er erhob sich und wollte auf mich losgehen. Doch ein gezielter Faustschlag Halvers stoppte den Mann. „Bringt ihn raus" befahl Halver. Dann wandte er sich an die Ältesten. „Eine Frau ist angeklagt. Warum soll sie nicht von einer Frau verteidigt werden?" fragte Halver laut. Die Männer schwiegen.

„Davon steht nichts in unseren Gesetzen!" schnauzte einer der älteren Männer. Er hob ein abgewetztes Buch in die Höhe. „Dann wird es Zeit, dass jemand es dort hinein schreibt!" donnerte Halver. Er winkte mich zu sich. „Ihr glaubt, Elenora hätte Gunther erschlagen. Meine

Frau kann ihre Unschuld beweisen! Warum sollen wir ihr nicht das Wort lassen!" sagte er weiter. Diesmal leiser, ernster. Die Männer schwiegen, sie waren sich unsicher, wie sie reagieren sollten. Immerhin war Halver ihr Häuptling. Alle sahen nun den Ältesten an. Nur er hatte das Recht, Halver zu widersprechen. „Meine Frau ist ungewöhnlich klug. Wir können uns glücklich schätzen, solch einen klugen Menschen in unserer Mitte zu haben!" erklärte Halver weiter. Die Männer grummelten, doch Halver hob seinen Arm. Die Männer verstummten. „Ich hätte es wie Ulme halten können. Er fragte seine kluge Tochter um Rat, kam zu uns und gab die Ideen für seine aus! Ulme glaubte nicht, dass auch nur ein Mann verstehen würde, dass auch eine Frau zum logischen Denken fähig ist! Doch ich glaube es. Ronja hat es mir viele hundertmal bewiesen." Halver wartete einen Moment, um seine Worte wirken zu lassen. Ich stand ungläubig neben ihm. Halver hatte mich hierher gebracht und mein größtes Geheimnis gelüftet. Wieder hob mein

Mann seinen Arm, um für Ruhe zu sorgen. „Die Fremen haben Ronjas Intelligenz schnell erkannt. Sie verehren meine Frau! Sie boten ihr an, zu ihnen zu kommen, wenn Ulme stirbt!" sagte Halver. Jetzt wurde Unmut laut. Damit hatte niemand gerechnet.

„Deshalb hast du sie geheiratet! Um zu verhindern, dass sie uns verlässt!" sagte jetzt einer der Männer. Er lachte auf und andere Männer stimmten ein. „Du bist ein kluger Hund, Halver! Warum eine kluge Zuchtstute von der Leine lassen!" die Männer lachten dröhnend. Sie hatten also nicht einmal die Hälfte von Halvers Worten verstanden!

Niemand achtete auf mich. Ich hob meinen Kopf, um Halver in die Augen zu sehen. Hatte er mich wirklich nur deswegen geheiratet? War er besorgt gewesen, ich könnte das Dorf wirklich verlassen und hatte sich deshalb zur Hochzeit entschlossen? Halver wich meinem Blick aus. Er hob erneut seine Hand. „Meine Frau wird Elenora verteidigen!" beschloss Halver nun. Er ließ meinen Arm los und setzte sich auf seinen Stuhl in der Mitte des Halbkreises.

Ich holte tief Luft und unterdrückte meine heißen Tränen. Ich hatte Halver neulich von meinen Plänen erzählt. Ich hatte ihm gesagt, dass ich überlegte, das Dorf zu verlassen. Hatte er mich wirklich deshalb geheiratet? Verzichtete er deshalb auf seine große Liebe Elenora? Ich schluckte die Tränen und stellte mich zu der verschüchterten Elenora. Ich musste jetzt stark sein, meine Gedanken auf die kleine Frau konzentrieren. Zum Weinen blieb später noch genug Zeit.

„Elenora, Gunthers Frau! Berichte uns, was in dieser Nacht passiert ist, als Gunther starb!" sagte ich laut.

Stockend, zögernd erzählte Elenora das, was sie bereits Halver und mir berichtet hatte.

„Und wir sollen glauben, dass dieser große, starke Mann einfach umkippte und starb?" fragte einer der Männer, die anderen klopften bestärkend auf den Tisch. Elenora schluckte, Tränen traten in ihre Augen. „So war es aber!" sagte sie. Wieder klopften die Männer. Sie glaubten der Frau kein Wort. Jetzt trat ich vor.

„Zwei Abende vor Vaters Bestattung versuchte Gunther, mich zu vergewaltigen" sagte ich. Halver sprang auf. Zornig zog er seine Augen zu Schlitzen zusammen. Ich hob beruhigend meine Hand. „Obwohl es verboten ist, einer Frau gegen ihren Willen beizuwohnen, und ich nicht willens war, drang Gunther in ein Trauerhaus ein! Und alle wussten davon, doch niemand hielt ihn auf!" sagte ich laut.

„Was hat das mit Gunthers Tod zu tun?" fragte mich der Älteste. Er war unter Halvers wütenden Blick rot angelaufen. „Darauf komme ich jetzt" antwortete ich. „Im allerletzten Moment bekam ich Hilfe! Allerdings nicht von euch Männern! Ihr hattet euch feige in eure Häuser verkrochen! Fast hätte Gunther sein Ziel erreicht. Da wurde er zum Glück niedergeschlagen. Mit einer gusseisernen Pfanne auf den Hinterkopf. Er fiel ohnmächtig zu Boden. Er schlief lange und erwachte, erst spät, am nächsten Morgen am Brunnen. Jeder von euch wird sich daran erinnern. Dann war der Kampf. Gunther gegen Halver. Mein Mann traf Gunther. Er fiel auf den Kopf, wieder auf dieselbe Stelle, an der ihm zuvor die Pfanne getroffen hatte. Am Abend, nachdem Gunther sehr viel getrunken hatte, fiel er über Elenora her. Er prügelte sie und sie flüchtete unter den massiven Tisch. Dort wollte er sie runter rausziehen. Dabei knallte er mit dem Kopf wieder an die Tischecke. Wieder dieselbe Stelle. Der Kopf platzte auf. Drei harte Schläge an dieselbe Stelle. Dort hatte sich unter der Haut Blut gesammelt. Und beim letzten Schlag platzte der Kopf!" erklärte ich laut. „Das kannst du nie beweisen!" sagte einer der Männer. Er zuckte zusammen, als Halver laut knurrte. Immer noch war mein Mann wütend, wütend auf die Männer die tatenlos zugesehen hatten, wie Gunther versucht hatte, mich zu vergewaltigen. „Ronja?" fragte Halver mich nun und ich nickte. Ich öffnete die Tür der Halle und vier Männer trugen den großen Tisch aus Elenoras Haus in die Halle. Ich entzündete eine Kerze und kam zum Ältesten. „Komm, sieh unter den Tisch. Sieh dir die Ecke an!" forderte ich den verblüfften Mann auf. Zögernd erhob er sich und folgte mir zum Tisch. Dann beugte er sich herunter. „Sage uns, was du siehst" sagte ich laut. Ich reichte dem Mann die Kerze. „Da kleben Haare und getrocknetes Blut am Holz" sagte der Älteste nun ungläubig. „Welche Farbe haben die Haare?" fragte ich. „Schwarz" antwortete der Mann. „Schwarz, wie die Haare von Gunther" sagte ich. „Es ist passiert, wie euch sagte. Gunther hatte einen Bluterguss unter der Kopfhaut. Dann die anderen beiden Schläge und der Kopf platzte" erklärte ich. „Elenora ist unschuldig" sagte ich streng. Die Männer schwiegen. Niemand konnte etwas zu meinen Worten sagen. Einer der

Männer erhob sich und sah selbst unter dem Tisch nach. Dann nickte er. „Ich kann Ronjas Erklärung nachvollziehen. Gunther hat bereits vor dem Kampf gegen Halver über starke Kopfschmerzen geklagt. Er sagte, nur, wenn er trinkt, werden sie besser."

„Stimmt, jetzt da du es sagst" erinnerte sich ein zweiter Mann. „Gunther schwankte die letzten Tage, ohne betrunken zu sein"

Ich nahm Elenora in den Arm. „Die Frau, die über ein Jahr von ihrem brutalen Mann misshandelt wurde. Der niemand half, ebenso wenig wie mir, ist unschuldig" sagte ich laut. Die Männer klopften bejahend. Ich atmete auf. Es war geschafft. Elenora warf ihre Arme um meinen Hals. Sie weinte hemmungslos. „Danke, danke, danke Ronja Halvers Frau" flüsterte sie. „Ich habe dir zu danken" flüsterte ich zurück. Sie wusste, was ich meinte und nickte.

„Bleibt die Frage, was wird mit Elenora! Sie ist zu jung und vermögend, um allein zu bleiben." Sagte jetzt der Älteste. Er sah zu Halver. Ein Grinsen glitt um seinen Mund. Ich spürte, wie Elenora zusammenschreckte.

„Ich denke, Elenora sollte ins Haus von Halver ziehen. Hast du nicht bereits letztes Jahr um sie gefreit, Halver? Elenora ist jung und schön. Sie wird eine Zierde für dein Haus sein." sagte einer der Männer nun. Ich wandte mich um. Das war Elenoras Vater gewesen, der Halver den Vorschlag gemacht hatte! Der Mann hatte seinen ehrgeizigen Plan, Elenora zur Oberfrau zu machen, also immer noch nicht aufgegeben!

Mir stockte der Atem, als Halver nicht antwortete. Die Worte des Mannes waren ein einziger Hohn und eine maßlose Beleidigung meiner Person.

Ich wandte mich ab, als Halver noch immer nicht antwortete. Niemand achtete auf mich, als ich leise die Halle verließ. Wie würde mein Mann sich entscheiden? Jetzt hatte er die Chance. Seine große Liebe zu sich zu nehmen. Durch mich war er Häuptling geworden. Ich hatte das Leben seiner Liebe gerettet. Er hatte zwar gesagt, dass ich ihm genug sei, doch Halver war auch nur ein Mann. Ein Mann dem nun das Angebot seines Lebens gemacht worden war. Ich wollte nicht hören, was weiter in der Halle entschieden wurde.

Ich hob meinen Kopf. Es würde in den nächsten Tagen Schnee fallen. Die dicken Wolken am Himmel zeigten es deutlich. Die Tage wurde zusehends kürzer und es wurde kalt, wenn die Sonne ihre Bahn verließ.

Ich musste Vorrat anlegen. Ich würde in den Wald gehen und Holz sammeln, beschloss ich.

ccccccccccccccccccccccccccccccccccccccccccccccccccccccccccccccccccccccccccc

Donner und Blitz waren an meiner Seite, als ich drei Stunden später durch den Wald streifte, die schwere Kiepe hinter mir herziehend. Beide

Wölfe liefen munter um mich her. Sie interessierte es nicht, dass ich weinte und fluchte. Eigentlich hatte ich genug Holz gesammelt, die schwere Kiepe würde ich so nie Heim bringen können. Ich würde einiges Holz wieder absammeln und wegstapeln müssen, um es morgen zu holen. Doch ich wollte nicht Heim. Ich wollte nicht wissen oder zusehen müssen, wie Elenora Einzug in mein Elternhaus hielt. Vielleicht ihre Kleidung in der großen Schlafstube verteilte! Wütend wischte ich mir das tränennasse Gesicht im Ärmel der dicken Jacke und setzte mich auf die Kiepe. Donner kam zu mir und stupste mich an. Gedankenverloren kraulte ich seine Ohren. Der Wolf genoss es sichtlich. Blitz blieb etwas abseits stehen. Sie ließ sich von mir nicht anfassen. Aber das erwartete ich auch nicht.

Plötzlich hoben beide Tiere ihre Köpfe. Donner begann zu heulen. Ich hörte Schritte auf uns zukommen. Dann stand ein überaus wütender Halver vor mir.

„Was, was fällt dir ein, mich so in Sorge zu versetzen!" schrie mich der Mann an. Donner begann gefährlich zu knurren, so laut war Halvers Stimme. „Als ich dich im Haus nicht fand, sah das deine Jacke weg war, da dachte ich wirklich, du wärst weggegangen! Du hättest mich verlassen!" schrie Halver weiter. Diesmal allerdings bedeutend leiser. Vor Donner hatte mein Mann also Respekt. „Schick die Wölfe fort!" befahl Halver mir streng.

Einen Moment überlegte ich, dann hob ich meine Hand. Donner und Blitz verschwanden in den Wald. Halver zog mich von der Kiepe. Er setzte sich jetzt und legte mich über seine Knie. Dann hob er meine Röcke und ließ seine Hand hart auf meinen Hintern knallen. Ich schrie gellend auf. Seine Schläge schmerzten. Immer wieder ließ er seine Hand auf meinen armen Po sausen. „Das ist für dein Weglaufen. Und dafür, dass du mir nicht vertraust" schnauzte Halver wütend. „Warum hast du die Halle verlassen! Du hast das Beste verpasst!" schnauzte er weiter. Wieder sauste seine Hand auf meinen Po. Dann begann er, hart und fest, die eben geschlagenen Stellen zu massieren und kneten. Ein Stöhnen entrann meinem Mund. Verwundert spürte ich, wie sich Lust zwischen meinen Beinen sammelte. Ein Ball bildete sich und explodierte, als Halver erneut zuschlug. Ich schrie gellend, allerdings nicht aus Schmerz, sondern purer Lust.

Halver lachte grimmig. „Ich wollte dich eigentlich bestrafen, Weib" sagte er dann. Er erhob sich und zwang mich, mich über die Kiepe zu beugen. Dann zog er meine Unterkleider herunter. Sein Finger überprüfte meine Feuchtigkeit, dann schob er sich tief in mich. Schweigend stieß er mich, hart, schnell und tief. Ich stöhnte, wollte mich bewegen, doch er hielt mich felsenfest. Seine Hand griff meine und legte sie an meinem empfindlichen Punkt. Dann zeigte er mir, wie ich mich selbst stimulieren konnte.  Er drückte mich gegen die Kiepe und stieß mich weiter. Ich schrie und wimmerte voller Wollust, als er sich entleerte und zurückzog. Ich hing tief befriedigt über der

Kiepe, unfähig, mich zu bewegen oder etwas zu sagen.

„Hast du denn überhaupt kein Vertrauen zu mir? Ich dachte, wir sind uns nahe!" sagte Halver nach einem Moment. Er hatte seine Hose geschlossen und zog mich nun von der Kiepe herunter.

„Was wird jetzt mit Elenora?" fragte ich leise, unsicher, wie er auf meine Frage reagieren würde. Halver grunzte, er war immer noch wütend. „Du vertraust mir also nicht, gut. Was willst du hören? Dass Elenora in diesem Moment in unser Haus zieht?" fragte er hart und ich zuckte, wie unter Schlägen, zusammen. „Dann wäre ich wohl bei ihr und nicht auf der Jagd nach meiner abtrünnigen Ehefrau!" brüllte er jetzt. Er zog mich an sich und küsste mich hart. Ganz klar eine Bestrafung, denn meine Lippen brannten, als er von mir ließ.  Er griff sich die Schlaufe der Kiepe und zog sie um seine Brust. Schweigend zog er die riesige Menge Holz durch den Wald zum Dorf. Ich lief hinterher, schob, während er zog.

„Elenora wurde noch heute Mittag mit Rollo verheiratet! Er warb um sie und ich gab mein Einverständnis. Die beiden trafen sich bereits seit Monaten heimlich. Es ist also nur vernünftig" sagte Halver wütend. Er hatte von Elenoras Fremdgehen gewusst?

„Dann war er also der Vater von ihrem Kind" sagte ich überrascht. Jetzt wurde mir einiges klar. Halver blieb so plötzlich stehen, dass ich fiel. „Du hast doch wohl nicht geglaubt, dass ich das gewesen bin!" fluchte er. Er sah, wie ich hochrot anlief. „Nun, du warst Junggeselle! Und du hast verheiratete, einsame Frauen.." ich sprach nicht weiter. Halver kam, und schüttelte mich. Dann ließ er mich los und zog weiter die Kiepe. Bis zum Dorf schwieg er, Auch ich sagte nichts weiter.

ccccccccccccccccccccccccccccccccccccccccccccccccccccccccccccccccccccccccccc

Das Haus war ausgekühlt. Ich entfachte ein Feuer, während Halver Wasser holte, viel Wasser. Ich wunderte mich. Er setzte Tee auf, während ich

Brot auf den Tisch stellte, dazu Fisch und kaltes Fleisch. Immer noch schwiegen wir. Traurig dachte ich, dass ich Schuld an unsern Streit hatte. Halver hatte Recht, Ich hätte ihm vertrauen sollen. So lange wir uns kannten, hatte er nie sein Wort gebrochen.

„Entschuldige, Halver" sagte ich, während ich zusah wie er sich ein Scheibe Brot nach der anderen nahm. Er musste wirklich ausgehungert sein. Und ich hatte mich im Wald rumgetrieben, statt zu kochen.

„Was soll ich entschuldigen! Das du nichts gekocht hast? Das du einfach verschwunden bist, du mich in bodenlose Angst gestürzt hast? Oder dass du mir unterstellt hast, ich hätte Elenora ein Kind gemacht!" sagte er so hart, dass ich zusammenzuckte. Oh ja, Halver war mehr als wütend. Er war enttäuscht von mir.

„Entschuldige, dass ich kein Vertrauen zu dir hatte. Ich hätte an dich glauben sollen" sagte ich leise. „du hast Recht. Wir sind Freunde. Und Freunde sollten sich vertrauen."

Halver zuckte kurz zusammen. Ich sah es deutlich, doch ich konnte mir keinen Reim darauf machen. Schweigend aß er weiter. Ich erhob mich und kniete mich zu ihm und legte meinen Kopf auf sein Bein. „Bitte, verzeihe mir" sagte ich leise. Dann hob ich meinen Kopf. „Du kannst mich noch einmal übers Knie legen, wenn es dir dann besser geht" sagte ich. Endlich glitt ein Lächeln über sein Gesicht. „Und dass soll eine Strafe für dich sein?" fragte er mich grinsend. Er erinnerte mich an die Wollust, die ich im Wald bei seinen Schlägen empfunden hatte. Ich lief hochrot an.

„Zieh deine Unterkleider aus" befahl Halver mir plötzlich. Ich erhob mich. Während er sich eine weitere Scheibe Brot nahm, sah er zu, wie ich aus meinen Unterkleidern stieg. „Komm her!" befahl er mir. Er zog mich zu sich und setzte mich rittlings auf seinen Schoss. Dann öffnete er seine Hose und befreite sein Glied. „Arme um meinen Hals!

Kopf auf meine Schulter" befahl er. Er hob meinen Hintern an und ließ mich auf sein Glied nieder, dass sich tief in mich bohrte. Er schob mich etwas zurecht, dann widmete er sich wieder seinem Abendessen. Ich saß, aufgespießt, auf seinem Schoss und wagte nicht, mich zu rühren. Es war schwierig, denn sein Glied in mir schwoll an, drängte und weckte heiße Gefühle in mir. Ich begann leise zu stöhnen. Halver drückte mich hart auf seine Beine, als ich mich bewegte. Wieder nahm er sich Brot und spannte meine Geduld auf die Folter. „Halver, Bitte" stöhnte ich. Ich zitterte, die Lust überrollte mich. „Bitte was?" fragte er. „Bitte, stoße mich" bat ich keuchend. Endlich hatte Halver ein Einsehen mit mir. Er schob das Brot und die anderen Sachen beiseite, erhob sich und legte mich auf den Tisch, ohne sein Glied aus mir zu ziehen. Er spreizte meine Beine, hielt sie und begann mich zu stoßen. Tief, hart und schnell. Ich schrie, die Lust überrollte mich in heftigen Wellen. Ich lief aus, tropfte.

Halver sah es und lachte. Dann stieß er mich hart und sein Saft in mir, ließ mich erneut aufschreien.

„Zieh dich aus. Ich mache dir Badewasser" sagte Halver. Er zog sich aus mir und schloss seine Hose. Dann holte er die gusseiserne Badewanne. Jetzt wusste ich, warum er so viel Wasser geholt und erwärmt hatte. Er füllte die Wanne, überprüfte die Wärme und nickte. Ich kam nackt, verlegen, aus der Schlafstube. „Du musst dich nicht schämen, Ronja. Du bist wunderschön" sagte Halver. Er lachte, als ich vorsichtig, mit dem großen Zeh, die Wassertemperatur prüfte. Er hob mich auf und setzte mich in die warme Wanne. Ich schrie erschreckt auf. Wieder lachte Halver und tauchte meinen Kopf unter. Dann griff er nach einem Schwamm und begann, meinen Körper zu waschen. Ich genoss seine starken, großen Hände.

„Du hast viel Holz gesammelt" sagte er jetzt. Ich nickte. „Spätestens in drei Tagen kommt der erste Schnee. Dann Frost. Ich will dann nicht

Holzsammeln. Das Frostholz ist nass und brennt nur schlecht." Erklärte ich. Halver nickte. „Also sollte ich unsere Leute zum Sammeln schicken?" fragte er. „Letztes Jahr hatte ich genug für den Winter gesammelt. Doch die Dorfbewohner kamen und bedienten sich einfach. Sie bestahlen mich." Sagte ich bitter. Halver grunzte.

„Lass die Frauen und Kinder Holz und Moos sammeln. Schicke alle Männer, die fähig sind, zum Angeln. Dieser Winter wird hart und lang werden" erklärte ich Halver. Ich war froh, dass seine Wut verraucht schien. „Die Männer sollen Angeln gehen?" fragte Halver mich entrüstet. Ich lachte, es klang zu lustig. „Du kannst sie ja zum Fischen aufs Meer schicken. Ob sie allerdings mit vollen Netzen wiederkehren, bezweifle ich. Es ist kalt, die Fische haben sich zurückgezogen" erklärte ich.

Wir hätten bereits viel früher mit dem Vorrat sammeln anfangen müssen, doch durch Vaters Tod und den anschließenden Ereignissen hatten wir viel Zeit verloren. Halver schwieg. „Denke an deine Kindheit zurück! Wie oft musstest du im Winter hungern?" fragte ich ernst. Ich erinnerte mich, wie oft Vater Halver damals heimlich etwas zu Essen gegeben hatte. Versteckt. Er hatte Halver für sich arbeiten lassen, die Arbeiten tun lassen, die normalerweise ein Sohn erledigte und ihm dafür an unseren Tisch eingeladen. Und aus purer Eifersucht darüber hatte Gunther ihn dann verprügelt, fiel mir nun wieder ein. Wie oft hatte ich es mit ansehen müssen, zu klein, um ihm zu helfen.

Jetzt lag ich in einer warmen Wanne und er wusch mir den Rücken.

„Ich erinnere mich" sagte Halver ernst. „Ich weiß nicht, woher du das ganze Wissen nimmst, aber ich vertraue dir. Ich vertraue dir, wie dein Vater es tat." Halver seufzte. „Ich muss gleich noch mal ins Gemeindehaus. Der Prozess und Elenoras Hochzeit mit Rollo hat für heftigen Gesprächsstoff gesorgt. Ich muss anwesend sein, um eventuellen Streit zu schlichten." Er küsste mich kurz. „Deine Anweisungen werde ich morgen verkünden. Heute haben die Menschen genug zum Schimpfen und tratschen." Setzte er hinzu. Er zog mich an den Armen aus dem warmen Wasser. Dann zog er sich aus und ließ sich in die Wanne fallen. Wasser spritzte auf den Boden. „Ihr seid ein Schwein, Gatte" sagte ich gespielt böse.  Ich hatte mich in ein Laken gewickelt und kniete mich nun zur Wanne. Ich nahm den Schwamm und wusch Halver den Rücken.

„Wenn du solche Angst hattest, ich könne Elenora hier ins Haus holen, warum hast du sie dann verteidigt?" fragte Halver mich jetzt nachdenklich. Ich holte Vaters Rasierzeug und begann seinen Bart zu schneiden. Ich liebte seinen Bart.

„Weil sie es war, die Gunther mit der Pfanne niederschlug, kurz bevor er mich begatten konnte" antwortete ich leise. „Sie kam mit Rollo in unser Haus und schlug ihren Mann nieder. Dann schleppten wir drei Gunther zum Brunnen" erklärte ich.

„Welch durchtriebenes Luder" sagte Halver und ich hob verwundert meinen Kopf. „Wie meinst du das?" fragte ich. Wie konnte er so über die Frau sprechen, die er doch geliebt hatte? Das verstand ich nicht.

Halver hielt meine Hand und sah mich lange an. „Elenora half dir nicht aus Nächstenliebe, Ronja. Sie hat dich gewarnt vor Gunther, stimmts?" fragte er mich und ich nickte. „Ich denke, sie hat gewartet, gewartet bis er dich in der Ecke hatte, dann schlug sie mit der Pfanne zu, in der Hoffnung, er würde sterben, doch das tat er nicht. Oder doch, allerdings erst drei Tage später" sagte er nachdenkend. Ich ließ mich zurückfallen. Halvers Worte ergaben Sinn. Wäre Gunther in meinem Haus gestorben, hätte ich vor Gericht gestanden! Man hätte mir einen Mord unterstellt! Aber war die sanfte, friedliche, leicht dumme, Frau wirklich so raffiniert?

„Elenoras Schönheit hat alle Männer verzaubert. Sie wurde von ihren Eltern verwöhnt, hat nie gelernt, einen Haushalt zu führen. Du weißt, wie dreckig ihr Haus ist. Auch mich hatte sie in ihren Bann gezogen. Sie traf sich mit mir im Wald. Wir küssten uns. Zu mehr habe ich mich aber nie hinreißen lassen. Sie war so jung und ich würde nie einer Jungfrau beiwohnen." Erklärte Halver.

„Und was war ich?" fragte ich dazwischen. „Wir sind verheiratet" grunzte Halver und schlug mir spielerisch auf den Hintern. „Was ich aber erst später von Gunther erfuhr, ich war nicht der einzige, mit dem Elenora sich traf. Sie war schon geöffnet, als Gunther sie in sein Haus nahm. Elenora war so dumm, zu glauben Gunther würde es nicht bemerken." Halver fluchte jetzt wütend. „Gunther war wütend. Er kam zu mir und unterstellte mir, sie entjungfert zu haben, Elenora hätte gestanden, mit mir zusammen gewesen zu sein! Er schlug mich halbtot. Von dem Moment an, war meine Liebe zu Elenora gestorben. Sie tat mir nur noch leid." Erzählte er zornig. Er drückte meine Hand. „Doch jetzt verachte ich sie. Sie wollte ihren Mann töten und es dir anhängen. Ich denke, Rollo steckt hinter dem Plan. Wir sollten beide im Auge behalten" sagte Halver weiter. Er erhob sich aus der Wanne. Wieder bewunderte ich die Schönheit meines Mannes. Er stand vor mir, nackt, groß, schön. Harte Muskeln umspannten seine Arme. Er hob mich jetzt hoch und trug mich ins Schlafgemach.

7. Kapitel

Die jungen Frauen folgten mir unwillig. Sie gingen hinter mir und tuschelten empört. Es war mir egal.

Halver hatte heute Morgen seine Anweisungen erteilt. Die Menschen im Dorf murrten und wollten sich weigern. Es waren doch schöne Tage! Warme Tage! Gut, morgens war es schon kalt, aber wenn die Sonne den Zenit erreicht hatte, war es schön warm. Warum also die Zeit mit Holz sammeln oder Fischfang vertrödeln? Außerdem, warum sollten die Männer angeln gehen! Das war Sache der halbwüchsigen Jungen! Halver hatte nachgegeben und einige Männer mit einem Boot rausgeschickt. Sie sollten die Netze auswerfen. Wenn sie mit leeren Netzen wiederkämen, würden sie vielleicht einsichtig sein, dachte Halver. Jetzt war er auf dem Weg, seine Anweisungen in den anderen Dörfern zu erteilen. Er hatte gewollt, dass ich ihm begleitete, doch ich hatte abgelehnt. Ich wusste, wenn auch ich das Dorf verließ, würden die dummen, faulen

Menschen, weder Fischen noch Holzsammeln gehen!

Jetzt lief ich mit zehn Frauen durch den Wald, jede von uns zog eine Kiepe hinter sich her. Elenora war unter ihnen und maulte laut. Sie hatte absolut keine Lust, ihre Zeit hier im Wald zu verbringen. „Du hättest Halver mehr um den Bart gehen sollen. Dann wärst du in sein Haus gezogen! Dann würden wir jetzt nicht im Wald sein müssen!" sagte nun eine andere Frau zu Elenora. „Doch du hast dich ja lieber mit Rollo eingelassen!"

Ich schwieg, es interessierte mich nicht, was die Frauen schwatzten. Ein Lächeln ging über mein Gesicht. Halver war heute Nacht spät Heimgekommen, leicht beschwipst. Seine kalten Hände hatten meinen warmen Körper zur Seite geschoben. Dann hatte er sich an mich gedrückt und war fast augenblicklich geschlafen.

Ich war wach geworden, als er mich heute Morgen in seine Arme gezogen hatte. Ich tat, als würde ich noch schlafen.

„Ronja Halver Frau. Du bist die härteste Nuss, die kenne. Egal, wie und wie oft ich versuche, deine Schale zu knacken, sie bekommt nicht mal einen Kratzer" hatte er geflüstert. Dann hatte er sich erhoben und Feuer entzündet. Ich lag im Bett, verwirrt, verstört und nicht wissend, was sein Worte zu bedeuten hatten.

„Wir müssen Holz sammeln! Der Winter kommt bald! Wollt ihr frieren? Erst friert ihr. Dann werdet ihr krank. Eure Kinder sterben zuerst, dann ihr!" sagte ich jetzt laut. Die Frauen waren stehengeblieben und überlegten umzudrehen. „Und kommt dieses Jahr nicht auf die Idee, eure Kinder zum Holzstehlen in meinen Schuppen zu schicken! Halver wird dabei nicht tatenlos zusehen, wie mein Vater es getan hat!" setzte ich wütend hinzu. Einige Frauen wurden rot. Sie griffen sich ihre Kiepen und bückten sich nach

Holz. „Wir sollten nicht auf Ronja hören!" sagte jetzt Elenoras Mutter. Sie legte wütend ihre Kiepe beiseite. „Nein, wir könnten jetzt alle am Brunnen sitzen und die Sonne genießen" gab Elenora ihrer Mutter Recht. „Ronja ist dumm, wenn sie uns erzählen will, es würde Schnee kommen." Setzte sie verärgert hinzu.

Ich schoss herum. Hatte das wirklich die ach so sanfte Elenora gesagt? Halvers Worte gingen mir wieder durch den Kopf. „Ich war jedenfalls nicht so dumm, mich bereits vor der Ehe mit Männern zu vergnügen! Geöffnet zu Heiraten und zu glauben, mein Mann würde es nicht merken!" sagte ich laut. Die Frauen keuchten laut und starrten Elenora überrascht an. „Und dann zu lügen und zu behaupten, Halver hätte dich bedrängt und dir die Unschuld geraubt!" schrie ich jetzt. „Gunther hat ihn halbtot geschlagen für deine Lüge!"

Elenoras Mutter schrie auf. Sie holte aus und schlug Elenora hart ins Gesicht. Die anderen

Frauen, eben noch dicht neben ihr, gingen jetzt einen Bogen um sie. Sie zogen ihre Kiepen und begannen Holzscheite ein zu sammeln. Die nächsten zwei Stunden arbeiteten wir schweigend. Ich fühlte immer wieder Elenoras hasserfüllten Blick auf meinem Rücken. Ich hatte die Frau bloßgestellt. Die Schönheit des Dorfes, der sanfte Engel, den jeder im Dorf wegen ihres brutalen Ehemannes bedauert hatte. Ich hatte ihre Fassade einstürzen lassen.

Waren die Kiepen der Frauen jetzt gut gefüllt, so wies Elenoras wenig Geäst auf. Ich seufzte. Egal, sie war nicht mein Problem, dachte ich. Sollte Rollo mit seiner neuen Frau klarkommen!

„Lasst uns Heim gehen! Unsere Männer werden bald zurück sein und Hunger haben!" ordnete ich an. Jetzt waren alle Frauen einverstanden. Etwas anderes hatte ich auch nicht erwartet.

cccccccccccccccccccccccccccccccccccccccccccccccccccccccccccccccccccccccccc

Halver ritt durch den Wald und ließ die Zügel seines Pferdes locker. Er hatte Zeit. Ronja war bestimmt noch mit den Frauen unterwegs. Er seufzte. In einem Dorfe war er auf heftigen Widerstand gestoßen, als er den Menschen dort seine Anordnungen mitgeteilt hatte. Es hatte ihm viel Kraft und Überredung gekostet. Doch er hatte den Leuten klargemacht, sie hätten keine Hilfe von den anderen Dörfern zu erwarten, würden sie nicht anfangen, sich Vorräte anzuschaffen. Er würde das Dorf, sollte er jagen gehen, in der Fleischverteilung nicht berücksichtigen. Im anderen Dorf, das ein wenig abseits lag, war er auf offene Ohren gestoßen. Die Menschen dort hatten sogar schon reichlich gesammelt und Fisch getrocknet. Der Dorfälteste war zum überraschten Halver gekommen. „Meine Frau ist mit eurer befreundet, Häuptling. Eure Frau ließ meiner Frau Nachricht zukommen und wir hier alle hören auf die Weisheit beider Frauen" erklärte der alte Mann und führte Halver in sein

Haus. Eine kleine, alte Frau stand am Herd und füllte zwei Becher mit heißem Tee. Dankbar trank Halver. Die Frau setzte sich zu den Männern, etwas was Halver von ihnen nicht kannte. Keine Frau, die er kannte, würde sich zu zwei diskutierenden Männern setzen. Und schon gar nicht das Wort erheben. Doch die alte Frau nahm nun Halvers Hand. „Sagt eurer Frau Dank für die Medizin, die sie uns sandte. Und es wäre schön, wenn wir noch mehr davon bekommen könnten. Unsere Kinder husten immer noch so stark." Sagte die alte Frau . Verwundert sah Halver die Frau an. Ronja hatte ihnen Medizin gesandt? Warum hatte sie nichts davon erzählt?

Doch die Frau sprach bereits weiter. „Die Götter hatten Recht, meine Visionen, die sie sendeten, wurden wahr. Ronja und du, Häuptling. Ihr seid seit Ronjas Geburt verbunden. Es ist euer Schicksal, unsere Gemeinschaft zu führen. Du hast sehr gut gewählt, als du dir Ronja in dein Haus geholt hast." Sagte die Frau mit leiser

Stimme. Dann holte sie tief Luft. „Aber seht euch vor. Es liegt noch eine große Prüfung vor euch!"

Dann hatte sie sich erhoben und das Haus verlassen. Halver hatte noch mit dem Mann gesprochen, jetzt war er auf dem Weg zurück ins Dorf. Er freute sich auf Ronja. Sie würde ihn Zuhause erwarten. Mit einer warmen Mahlzeit und ihrem lieben Lächeln. Halver seufzte kurz. Ronja war eine so großartige Frau. Er war glücklich, sie in seinem Haus zu haben. Wie gut sie zu ihm passte. Ulme hatte das schon richtig erkannt, als er Halver vor einem halben Jahr den Vorschlag gemacht hatte, um Ronja zu werben. Bis dahin war Ronja nur eine Freundin für ihn gewesen. Ein weiblicher Freund, wenn man so sagen konnte. Doch seit er Ulme versprochen hatte, es sich zu überlegen, hatte er begonnen die Frau mit anderen Augen zu sehen. Und dann, irgendwann, war er mitten in der Nacht wach geworden, hatte neben sich, zur anderen, leeren, Betthälfte gegriffen und sich gewünscht, Ronja würde neben ihm liegen. Nackt, wunderschön und willig. Er war augenblicklich hart und steif gewesen, etwas, was ihm zuvor nie passiert war. Seit dem Tag hatte er Ronjas Nähe noch mehr gesucht, als zuvor. Er hatte versucht, mit ihr zu flirten, sie zu umgarnen, Doch alles, was von Ronja zurückkam, war freundschaftliche Gefühle. Jetzt hatte er sie in seinem Haus, in seinem Bett, dass sie willig und bereit mit ihm teilte. Sie war die perfekte Partnerin beim Beischlaf, egal, wann oder wo. Ronja verweigerte sich nie. Ganz im Gegenteil. Seit er sie das erste Mal geliebt hatte, schien sie sich auf seine Zärtlichkeiten geradezu zu freuen. Und doch, war er ihr nie so nah, wie er es sich wünschte. Er hätte es gerne, wenn sie von sich aus erzählen würde. Ihm sagen würde was sie bewegte. Was fühlte sie für ihn? Mehr als Freundschaft? Er wusste es nicht. Er strich über die Felljacke. Ronja hatte sie für ihn geändert. Und ihre Erfindung mit den Verschlüssen war genial. Er musste nun nicht alle paar Minuten die Bänder neu binden, die Jacke blieb geschlossen.

Ja, Ronja war die perfekte Frau. Und sie war seine Frau.

ᴄᴄᴄᴄᴄᴄᴄᴄᴄᴄᴄᴄᴄᴄᴄᴄᴄᴄᴄᴄᴄᴄᴄᴄᴄᴄᴄᴄᴄᴄᴄᴄᴄᴄᴄᴄᴄᴄᴄᴄᴄᴄᴄᴄᴄᴄᴄᴄᴄᴄᴄᴄᴄᴄᴄᴄᴄᴄᴄᴄᴄᴄᴄᴄᴄᴄᴄᴄᴄᴄᴄᴄᴄᴄᴄᴄ

„Ruhe Frauen" befahl ich leise. Ich wies die Frauen stumm an, ihre Kiepen in das Gebüsch zu ziehen und sich zu verstecken.

Laute Männerstimmen waren zu hören. Stimmen, die einen schweren Dialekt sprachen. Sie stammten nicht von hier. „Bleibt im Gebüsch. Keine Geräusche!" befahl ich streng. Ich nahm meinen Bogen von den Schultern und griff nach meiner Muschel, als die Männer nun auf die Lichtung traten. Ich spannte den Bogen. Drei grobschlächtige Männer blieben vor ihr stehen und lachten. „Seht mal, Männer was für ein schöner Vogel, so ganz allein hier im großen Wald!" sagte einer der Männer.

„Wer seid ihr! Ihr habt hier nichts zu suchen! Das ist Wald unseres Volkes. Das Wild gehört euch nicht!" sagte ich streng und ließ den Pfeil durch die Luft sausen. Er traf den Baum neben dem Mann, der nun seinen Kopf etwas einzog. Ich zog einen weiteren Pfeil aus meinem Köcher. „Geht zurück, wo ihr herkommt. Ihr habt hier nichts verloren!" sagte ich so selbstbewusst wie möglich. Ich wollte gerade den Bogen spannen, als ich von hinten ergriffen wurde. Ein weiterer Mann hatte sich angeschlichen. Er entwand mir mit Leichtigkeit den Bogen, dann schleuderte er mich zu Boden. Meine Muschel fiel auf einen Stein und zerbrach. Ich schrie auf. Wie sollte ich jetzt Donner rufen?

Der Mann lachte und zog grob an meinem Zopf. „Ich kenne den Vogel, Ivan. Das ist doch die Odin Tochter. Die Wald Hexe. Die Fremen haben nur von ihr erzählt! Sie wollten sie damals ihrem Vater abkaufen, doch der hat sich geweigert! Das ist sie bestimmt. Seht euch die roten Haare an!"

sagte der Mann aufgeregt. Er kam zu mir und zog mich auf die Beine.

„Ich bin Ronja Halvers Frau. Die Oberfrau der Gemeinde am Waldrand. Mein Mann wird euch suchen und töten, wenn ihr mir etwas antut" sagte ich so selbstbewusst wie möglich. Die Männer lachten dreckig. „Wir werden dich zu unserem Schiff bringen. Dann werden wir weg sein, bevor dein Mann dich auch nur vermisst. Vielleicht ist er ja auch froh, dich los zu sein." Sagte Ivan, anscheinend der Anführer. Er zerrte mich hart am Arm hinter sich her. „Wir werden dich an die Fremen verkaufen. Sie werden einen guten Preis für dich bezahlen. Keine Ahnung warum" sagte er weiter. „Kommt Männer. Wenn wir auch kein Wild gefunden haben, so war unsere Jagd doch erfolgreich!"

Sie zogen mich in den Wald zurück.

ccccccccccccccccccccccccccccccccccccccccccccccccccccccccccccccccccccccccccccc
c

Halver merkte sofort, dass etwas nicht stimmte, als er ins Dorf ritt. Menschen standen in Gruppen zusammen und unterhielten sich aufgeregt. Jetzt hatten sie ihn entdeckt und schwiegen. Sie folgten ihm bis zu seinem Haus. Was hatten die Menschen nun wieder? Er würde Ronja fragen. Sie würde es wissen. Doch keine Tür ging auf, als er nach ihr rief.

„Deine Frau wurde verschleppt" sagte jetzt Rollo. Er kam zu Halver gehinkt, sein Bein nachziehend. „Die Frauen waren im Wald, Holz sammeln, da trafen sie auf vier fremde Männer. Während sich unsere Frauen versteckten hat sich deine Frau ihnen mutig in den Weg gestellt, um die anderen Frauen zu beschützen. Deine Frau hat unsere Frauen gerettet. Doch die Männer verschleppten

Ronja. Elenora sagte, sie wollen Ronja auf ihr Schiff bringen und an die Fremen verkaufen." Berichtete Rollo weiter.

Halver fluchte. Er schlug wütend gegen die Hauswand. „Sind Männer schon losgeritten, um Ronja zu befreien? Wann sind sie los, vielleicht kann ich sie einholen." Sagte er dann. Er musste sich unbedingt beruhigen.

„Halver es dämmert bereits, es wird dunkel: Niemand, der noch bei Verstand ist, reitet jetzt um diese Tageszeit in den Wald. Die Geister werden es uns büßen lassen. In der Nacht gehört der Wald ihnen!" antwortete Rollo.

„Soll, dass heißen, ihr habt nichts unternommen?" donnerte Halver wütend. Er griff Rollo am Kragen und schleuderte den Mann zu Boden.

„Der große Geist des Waldes wird dich umbringen, wenn du jetzt dort hineinreitest!" sagte jetzt der Dorfälteste. „Deiner Frau kannst du eh nicht mehr helfen. Vier Männer, auf der Jagd. Jeder weiß, was mit ihr geschieht!" sagte er bitter. „Sie hat es doch selbst verschuldet" sagte jetzt Elenora. „Hätte sie nicht darauf bestanden, Holz zu sammeln, wäre es nie passiert". Sie suchte Schutz hinter Rollo, als Halver sie greifen wollte.

„Ihr feiges, abergläubiges Gesinde!" schrie Halver. Er ging ins Haus und suchte sich Vorrat zusammen. Dann sattelte er sich ein Pferd und schickte sein ermüdetes Pferd auf die Weide. Die Menschen waren verschwunden. Niemand stand vor seinem Haus. Niemand würde ihn also begleiten. Halver schnaubte wütend. Sein Weg würde ihn zu Tong Mey führen. Der Mann kannte den Wald wie kein anderer. Er würde Halver helfen, Ronja zu finden. Er hoffte, seine Frau würde noch leben, was die Männer mit ihr anstellen würden, wollte Halver sich nicht vorstellen.

Es war jetzt dunkel. Halver hoffte, den Weg auch jetzt zu finden. Er zog seine Muschel aus der

Tasche und blies hinein. Wenige Minuten später konnte er Geräusche auf dem Weg vor sich ausmachen. Zwei Paar gelbe Augen starrten ihm entgegen.

Donner knurrte unwillig. Der Wolf hatte anscheinend Ronja erwartet. Zögernd blieb Halver auf dem Pferd sitzen. Abzusteigen traute er sich nicht. „Hör zu, Bruder Wolf! Ronja ist in Gefahr. Männer haben sie verschleppt. Ich bin ihr Gefährte. So wie Blitz deine Gefährtin ist. Ich will und muss Ronja finden. Ich brauche deine Hilfe. Bringe mich zu Tong Mey" sagte Halver. Er hoffte, das riesige Tier hätte ihn verstanden.

Der Wolf sah Halver aus seinen gelben Augen einen momentlang an. Dann wandte er sich um und verschwand mit seiner Gefährtin im Wald. Halver folgte den Tieren.

ccccccccccccccccccccccccccccccccccccccccccccccccccccccccccccccccccccccccccc

Ich lief hinter den Männern her. Sie hatten mich an den Händen gefesselt und zerrten mich unbarmherzig durch den Wald. Es war dunkel geworden. Jetzt blieben die Männer stehen, um sich umzusehen. Sie hatten sich allen Anschein nach verlaufen. „Komm her Weib" forderte mich Ivan jetzt auf. Er zerrte mich zu sich. „Weißt du, wo wir uns befinden?" fragte er grob. Ich schüttelte meinen Kopf. So tief war selbst ich noch nie im Wald gewesen. Ich wusste zwar, der Wald endete irgendwo am Meer, aber wo genau, wusste ich nicht. Ivan hob seine Hand und schlug mir ins Gesicht. Ich schrie auf, es schmerzte fürchterlich. Wieder war ich wütend, dass meine Muschel zerbrochen war. Donner hätte mir helfen können. Er und Blitz hätten die Männer angreifen können. „Schlage mich nie wieder" sagte ich drohend. „Ich bin Odins Tochter. Ich verfluche dich und deine Männer! Ihr werdet diesen Wald nicht lebend verlassen, tut ihr mir auch nur ein Leid an!" sagte ich hart.

Ivan lachte jetzt dreckig und wandte sich zu seinen Männern herum. „Wie schade. Und wir haben bereits gewürfelt, wer dir zuerst beiwohnen darf! Wir wollten uns heute Nacht an deinem Körper wärmen" sagte er grinsend. „Tut das und ich werde dafür sorgen, dass euer Gemächt nie wieder seine Arbeit verrichtet! Ich werde euch verhexen. Eure Männlichkeit wird schrumpfen!" sagte ich so selbstbewusst, wie möglich. „Die Fremen wollen mich, weil ich zaubern kann!" log ich die Männer an, die nun unschlüssig etwas Abstand von mir hielten. Abergläubige Idioten, dachte ich.

„Wir sollten die Frau töten, bevor sie uns verfluchen oder verhexen kann" sagte nun Sven, einer der Männer unschlüssig.

„Wagt es und der Geist des Waldes nimmt euch auf grausame Art und Weise das Leben" sagte ich. Ich versuchte so gruselig wie möglich auszusehen.

„Ich glaube nicht, dass die Frau uns verfluchen kann" sagte Ivan jetzt. Die Männer zögerten. Das war gut. Solange wir nicht weitergingen, konnte Halver mich vielleicht finden. „Ich kann euch meine Macht beweisen" sagte ich jetzt. Ich hatte etwas bemerkt. Ich kam zu den Männern. „ Ich lasse es schneien" sagte ich. Die Männer sahen mich ungläubig an. Ich hob meine Hände. Murmelte einige unzusammenhängende Worte und hoffte, die kleinen Flocken, die ich eben bemerkt hatte, wären nicht allein gekommen. Zuerst passierte nichts. Die Männer sahen mich unruhig an, als ich erneut zu murmeln begann. Ich musste Zeit gewinnen. Endlich fielen vereinzelt Flocken. Erst kleine, dann wurden sie größer und schwerer.

„Verfluchte Hexe!" schnauzte Ivan. Er zerrte an meinen Fesseln. Dann sah er sich suchend um. „Wir müssen bis morgen warten. Wir brauchen einen Unterstand." Sagte er wütend. Er glaubte wirklich, ich wäre für den Schnee verantwortlich!

Was für ein abergläubiges Volk, dachte ich erleichtert.

Die Männer zerrten mich weiter. Dann entdeckte ich eine Höhle. Ich blieb stehen und wies darauf. Auch wenn ich ihre Gefangene war, so wollte ich heute Nacht nicht erfrieren. Grimmig nickte Ivan. Er zerrte mich zur Höhle und befahl mir, mich in eine der Ecken zu setzen. Zwei der Männer sammelten eilig Holz und Moos. Dann entfachten sie am Höhleneingang ein Feuer. Sie blieben am Feuer sitzen, während ich mich in die Ecke drückte, hoffend, dass sie mich in Ruhe lassen würden.

„Wir sollten die Frau töten. Sie ist eine Hexe. Kein Wunder, dass die Fremen sie unbedingt haben wollten" sagte Sven nachdenkend. „Sie wird uns nur Unglück bringen" sagte ein anderer Mann. „Sie bringt uns viel Gold und Felle! Der Häuptling der Fremen wurde von ihr verzaubert! Er spricht von nichts anderen als dieser Hexe! Erinnert euch an unser letztes Treffen mit ihm. Er schwärmte in höchsten Tönen von der rothaarige Odin Tochter!" sagte Ivan. „Wir werden sie für viel Gold an ihn verkaufen. Soll er mit ihr machen, was er will." Er spuckte in meine Richtung.

„Ich muss mich erleichtern" sagte ich. Einer der Männer kam und zerrte mich zum Höhleneingang. Er löste meine Fesseln und wies auf eine Ecke neben der Höhle. Ich nickte. Während er stehenblieb, um zu beobachten, hockte ich mich über den kalten Boden. Ein Pilz fiel mir ins Auge und ich unterdrückte ein Grinsen. Es war dunkel, ein Geräusch in einem Busch lenkte den Mann ab. Schnell pflückte ich den Pilz und erhob mich wieder. Als der Mann mich grob in die Höhle stieß, stolperte ich und wäre fast ins Feuer gefallen. Der Pilz flog in die Flammen. „Geh in deine Ecke, Weib! Wir müssen überlegen, was wir mit dir machen!" befahl der Mann. Ich nickte und kauerte mich wieder in die hinterste Ecke. Dort zog ich mir den Ärmel meiner Jacke vor das Gesicht und atmete durch den Stoff. Es begann süßlich zu riechen in der Höhle. Die

Männer hoben verwundert ihre Köpfe. „Riecht ihr das, Männer?" fragte Ivan, die Männer nickten. Wieder hob Ivan seinen Kopf und schnupperte. Weiter so, tief einatmen, dachte ich und hoffte, der süßliche Geruch würde nicht bis zu mir reichen. Der erste Mann gähnte, ein zweiter folgte.

„Geht schlafen, ich halte Wache" befahl Ivan. Er saß am Feuer, ich wartete, die anderen Männer schnarchten bereits tief und laut. Jetzt wurde auch mir leicht schwindelig. Ich versuchte, so wenig wie möglich zu atmen. Endlich kippte auch dieser Ivan zur Seite. Ich erhob mich und schlich zum Höhleneingang. Dann schnell raus an die frische Luft. Tief einatmend stand ich im frisch gefallenen Schnee. Dann lief ich in den Wald. Ich wusste, die Männer würden jetzt lange schlafen. Der Pilz war eine starke Droge. Es war riskant gewesen, doch ich hatte keine andere Möglichkeit gehabt, mich zu retten. Ich war mir nicht sicher, ob Sven und die anderen mich nicht doch ermordet hätten. Die Angst in ihren Augen, wenn sie mich angesehen hatten, sprach Bände. Vielleicht hätten sie darauf gewartet, dass dieser Ivan eingeschlafen war!

Ich musste den Weg zurückfinden. Ich war mir sicher, dass Halver mich bereits suchen würde.

## 8. Kapitel

„Es war gut, dass du mich zu Hilfe geholt hast, Halver" sagte Tong Mey. Er lief hinter Donner her, der, die Nase am Boden, schnüffelte. „Wenn die Männer ihr Schiff erreichen, dann ist Ronja für immer fort. Die Fremen sind ein Wandervolk. Kein Mensch weiß, wo sie ihr Lager aufschlagen."

Halver lief hinter beiden her. „Wir müssen sie finden! Sie darf mich nicht allein lassen!" sagte er jetzt leise, nur zu sich. Doch Tong Mey hatte ein scharfes Gehör. „Du liebst sie ja, Halver, Häuptling der Gemeinde!" sagte er kichernd.

„Verdammt, ich will sie wiederhaben. Sie gehört mir. Das sture Weib sollte es endlich einsehen!" sagte Halver statt einer Antwort. Wieder kicherte Tong Mey. „Frauen wie Ronja gehören niemanden, Halver. Sie sind fei. Frei in ihrem Handeln und denken. Hat sie sich so einmal etwas vorschreiben lassen von dir?" fragte Tong Mey. Jetzt konnte der kleine Mann trotz der Dunkelheit sehen, wie Halver rot wurde. „Ich meine, außer beim Beischlaf." Setzte Tong Mey lachend hinzu. „Schau dir deine Schwester, meine Frau an. Als sie alt genug war, brachte ich sie in eine Stadt, weiter südlich. Ich wollte sie aus meiner Nähe haben. Denn, dass ich sie liebte, wusste ich, doch ich wollte ihr die Wahl lassen, andere Menschen kennenzulernen. Doch zwei Tage, nachdem ich Zuhause war, stand Lana wieder vor meiner Tür.

Sie hat sich für mich entschieden. Frauen wie Lana und Ronja sind frei." Erzählte er nachdenklich.

Donner kratzte mit den Pfoten und unterbrach damit das Gespräch. Halver atmete auf. Es war ihm peinlich, mit einem anderen Mann über seine Gefühle für Ronja zu reden. Tong Mey ging zum Wolf und untersuchte die Erde. Halver hielt Abstand vom großen Tier. Sie beide, der Wolf und er, sie hatten einen Waffenstillstand. Beide suchten sie Ronja, beide, das große Tier ebenso wie Halver liebten und brauchten die Frau.

„Sie waren hier. Wir sind auf den richtigen Weg" sagte Tong Mey.     „Aber sie haben großen Vorsprung. Du hättest dich eher auf die Suche machen müssen". Tong Mey seufzte. Er wusste, wäre nur einer der Dorfbewohner losgeritten und hätte Halver auf dem Heimweg abgefangen, wären sie schon wesentlich weiter. Dann wäre Halver statt ins Dorf, direkt zu ihm gekommen. „Sie waren hier, bevor es zu schneien begann. Es schneit jetzt seit etwa drei Stunden" erklärte Tong Mey. Er schüttelte seinen Kopf. „Wenn die Männer nicht gerastet haben, dann haben sie ihr Schiff schon erreicht." Setzte er hinzu. Halver fluchte. Er würde im Dorf hart durchgreifen, wenn er heimkam. Doch Heimkehren würde er nur, wenn er Ronja vor sich im Sattel sitzen hatte! Donner lief weiter, gefolgt von Blitz. Beide Wölfe liefen, blieben stehen und suchten, dann änderten sie ihren Weg. Halver und Tong Mey folgten.

„Odin, Gottvater, Freya Göttin der Liebe und Ehe, bitte nehmt mir nicht meine Frau" betete Halver leise. Immer wieder wiederholte er diese Worte. Eine Weile ritten sie weiter. Schweigend, der Schnee wurde weniger, bald würde es aufhören. Halver sah zum Himmel, erstes Morgengrauen trat durch die dunkle Nacht. Wenn die Männer Ronja auf ihr Schiff gebracht hatten, würde er auch in See stechen. Er würde versuchen, das fremde Schiff einzuholen und Ronja zu befreien. Plötzlich blieb Donner stehen und hob seinen massigen Kopf. Er winselte, dann brach er durch das Unterholz und war verschwunden. Blitz folgte ihrem Gefährten. Verwundert sah Halver Tong Mey an. „Die Tiere haben etwas gehört oder gerochen" sagte Tong Mey. Er band sein Pferd an einem Baum und folgte den Wölfen. Halver griff sich seine Waffen und rannte hinter dem kleinen Mann her. Er hoffte, nicht auf die Leiche seiner Frau zu stoßen. Er wusste, den Anblick einer vielleicht geschändeten und ermordeten Ronja würde er nicht überleben.

ccccccccccccccccccccccccccccccccccccccccccccccccccccccccccccccccccccccccccccccccccccccccc ccc

Ich rannte um mein Leben. Hinter mir, dicht auf den Färsen, ein Rudel Wölfe. Gleich hatten sie mich und würden mich in Fetzen reißen. Ich hatte keine Chance. Ein niedriger Baum, ich rannte darauf zu, stolperte und fiel. Das war mein Ende.

Die Wölfe hatten mich umringt. Der Rudelführer traute sich näher. Ich hob einen Stock und schlug ihm damit auf die Schnauze. Er wich zurück. Seine Gefährtin kam jetzt. Sie fletschte die Zähne. Ein weiteres Tier traute sich. Sie trieben mich in die Enge, der Kreis wurde kleiner. Gleich würde sich der Anführer auf mich stürzen. Ich hob schützend meine Arme über den Kopf, als er ansetzte zu springen. Ich schrie laut auf. Mitten im Sprung hörte ich lautes, gefährliches Knurren. Aus dem Nichts tauchte Donner auf. Er sprang und der Rudelführer fiel getroffen zu Boden. Sekundenspäter waren beide Wölfe in einem heftigen Kampf. Der Rudelführer hatte gegen den wesentlich größeren und stärkeren Donner keine Chance. Blitz erschien. Sie stand vor mir, ihr Fell gesträubt, die Zähne gefletscht, und verteidigte mich vor den anderen Tieren. Weinend, erschöpft, dankbar, ließ ich mich auf den Boden sinken. Meine Wölfe hatten mich gefunden. Jetzt konnte ich aufatmen. Donner würde mich beschützen. Der große Wolf hatte den

Rudelführer jetzt an der Kehle. Das kleinere Tier jaulte auf, dass sackte es zusammen, tot. Donner schüttelte den toten Körper, dann schleuderte er ihn zu seinem Rudel. Die Gefährtin kam, sie schnüffelte. Dann jaulte sie laut auf, das Rudel verschwand im Wald.

„Donner, Blitz" sagte ich dankbar. Donner kam zu mir. Er blutete aus verschiedenen Stellen, wo der Rudelführer ihn erwischt hatte. Er legte sich neben mich und hechelte. Nie war ich so dankbar, wie in diesem Moment. „Danke du kleine hässliche, räudige, verflohte Teufelswelpe" sagte ich und strich dem riesigen Wolf durch das dichte Fell. Blitz legte sich, untypisch für sie, dicht an mich und spendete mir ihre Wärme.

„Erinnere mich nicht an meine Worte von damals" hörte ich plötzlich Halvers Stimme. Überrascht hob ich meinen Kopf. Halver stand vor mir. Ich sah, er würde mich gerne zu sich ziehen, doch Donner und Blitz neben mir, hielten ihn zurück. Er sah so unwahrscheinlich dankbar aus.

„Ich entschuldige mich für jedes meiner Worte, die ich damals, beim Anblick der hässlichen Wolfswelpe, gesagt oder gedacht habe" sagte Halver. „Donner, Danke für das Leben meiner Ehefrau!"

Jetzt folgte Tong Mey mit den Pferden. Der Mann war, nachdem er den Kampf gehört hatte, zurück zu den Tieren, um zu verhindern, dass sich die flüchtenden Wölfe auf die Pferde stürzen würden.

„Traust dich wohl nicht an dein Frauchen ran, was?" fragte Tong Mey kichernd. Er gab Zeichen und beide Wölfe erhoben sich. Halver kam zu mir und zog mich auf die Beine, dann riss er mich glücklich an sich. „Geht es dir gut? Haben die Schweine dir etwas angetan?" fragte er mich grimmig und untersuchte meinen Körper. „Die Kerle schlafen. Ich fand einen Tran- Pilz." Erklärte ich. Ich kuschelte mich an Halver. Er war hier! Er hatte mich gesucht und gefunden. Ich war so unendlich dankbar. „Du bist eine kluge Frau,

Ronja" sagte Tong Mey. Er zog mich zu sich und umarmte mich. „Eine kluge Frau, die dumm genug ist, ohne Waffen durch einen dunklen Wald zu laufen, gejagt von einem hungrigen Rudel Wölfe!" schnauzte Halver. Er zog eine Decke von seinem Pferd und legte sie mir über die Schultern. „Ich hätte ja warten können, bis die Kerle wieder aufwachen und mich dann umbringen! Überlegt haben sie es sich. Entweder das oder sie verkaufen mich an die Fremen!" gab ich wütend zurück. „Vielleicht wäre dir das ja recht gewesen, dann wärst du wieder frei!" schrie ich. Meine Nerven, die bis eben noch stark gewesen waren, zitterten jetzt. „Wenn ich das gewollt hätte, glaubst du ich wäre durch den dunklen Wald geirrt, auf der Suche nach dir?" schrie Halver zurück. „Hättest du nicht die Heldin gespielt und dich entführen lassen, könnten wir im Bett liegen und uns heftig lieben!" Er riss mich an sich und küsste mich leidenschaftlich. Ich schlang meine Arme um den starken, breiten Mann und weinte, während ich den Kuss intensiv erwiderte.

„Na, was für ein Glück. Ich dachte schon, die schreien den Rest der Nacht weiter" sagte Tong Mey lachend. Er ließ uns einen Moment, dann klopfte er Halver energisch auf die Schulter. Nur unwillig löste mein Mann seinen Mund von meinem. „Wir müssen uns überlegen, was wir mit den Kerlen machen. Wo sind sie Ronja?" fragte Tong Mey. Halver nickte. „Wir müssen uns um sie kümmern. Sie haben die Oberfrau der Gemeinde entführt. Das bedeutet Tod" sagte er ernst. Ich schrak zusammen. Ich hasste solche Gespräche, doch die beiden Männer hatten Recht. „Führe uns zu ihnen" bat Halver. Ich seufzte und ließ mich von Halver aufs Pferd helfen. Er setzte sich hinter mich und zog mich an sich. „Odin sei Dank" flüsterte Halver. Er vergrub sein Gesicht in meinem Haar.

Ich wies auf den Höhleneingang und erschrak, ein lautes Wolfsgeheul ließ mich ahnen. Das geflüchtete Wolfsrudel hatte seinen Hunger gestillt. Meine böse Ahnung wurde bestätigt, als Halver und Tong Mey einen Moment später zu mir kamen. Halver nahm einen Spaten und begann zu graben. Tong Mey schleppte eine Leiche nach der anderen aus der Höhle.

Ich weinte den Heimweg leise in mich hinein. Halver schob mich unter seine Jacke und grunzte. „Das war Odins Wille, Mädchen. Du hast keine Schuld an ihrem Tod. Denke daran, was sie dir antun wollten." Seine Hand strich über meinen Körper, so als müsse er sich überzeugen, dass ich wirklich, wohlbehalten, vor ihm saß. „Du hast nur getan, was du tun musstest. Sie hätten dich geschändet, vergewaltigt und dann an die Fremen verkauft!" sagte Halver. Er schüttelte sich als er sich das vorstellte. „Das ist zum Glück nicht geschehen." Sagte ich. Ich strich Halver über sein Kinn. Meine Finger verhakten sich in seinem Bart. Wenn wir Zuhause waren musste ich den Bart wieder schneiden und waschen. Ich kicherte, als Halver seinen Kopf unwillig wegzog. „Du hast keinen Grund zum Kichern!" sagte er streng. „Du hast Strafe verdient. Wenn wir Zuhause sind werde ich dich" Er beugte seinen Kopf und flüsterte mir ins Ohr. Ich lief hochrot an. Plötzlich fror ich nicht mehr.

Die Sonne stand hoch am Himmel, als wir an Tong Meys Hütte ankamen. Lana kam aus der Hütte und umarmte mich lange. „Odin und Freya sei Danke. Du bist unversehrt" sagte sie in ihrer sanften Art. Dann wandte sie sich an Tong Mey und begrüßte ihren Mann. Wieder wunderte ich mich, wie unterschiedlich doch Geschwister sein konnten. Gunther, brutal und unbeherrscht, Halver stark, mutig, gerecht, und Lana, sanft und gütig. Und doch stammten sie alle von denselben Eltern.

„Ich habe die Sauna angefacht. Halver und du solltet sie nutzen" sagte Lana jetzt. „Ich werde solange eure Kleidung trocknen". Sie wies auf eine kleine Hütte hinter sich. „Danke Lana" sagte Halver. Er zog mich zur Hütte und begann augenblicklich, sich zu entkleiden. „Kommst du nicht auch, Tong Mey?" fragte ich, doch der Mann winkte nur. „Ich werde mit meiner Frau das

Wiedersehen hier feiern" sagte er schelmisch. Ich sah den Mann verwirrt an. Doch dann hatte Halver mich bereits in die warme Hütte gezogen und begann, mir das Kleid auf zu binden. Er legte unsere Kleidung vor die Hütte und zog mich weiter in den, mit heißem Dampf gefüllten Innenraum. Er setzte sich auf den Boden und zog mich zu sich. Ich saß vor Halver, er zog mich an sich, seine Hände strichen über meine Brüste zu meinem Bauch und verharrten dort einen Moment, dann schob er seine Hand zwischen meine Schenkel. Ich keuchte auf. Er massierte meinen Punkt, strich über meine Schamlippen und ließ einen Finger in mich gleiten. Seine Zunge strich begehrlich über seine Schultern. Ich drehte mich und saß nun vor ihm. Meine Hände strichen über seine Brust, blieben einen Moment an seinen Brusthaaren hängen. Dann strich tiefer und nahm mutig sein Glied in die Hand. Halver keuchte hörbar auf, als ich begann es zu streicheln. So wie er es mir gezeigt hatte. „Danke, dass du mich gesucht hast" sagte ich leise.

„Danke, dass du noch lebst" antwortete Halver ironisch. Ich kicherte, dann beugte ich meinen Kopf und umschloss meinen Mund um die empfindliche Spitze seiner Männlichkeit. Halver stöhnte und ließ sich zurückfallen. Ich ließ einen Moment von ihm ab und goss Wasser auf die heißen Steine. Nebel hüllte uns ein. Ich kniete mich über Halver und ließ mich langsam auf sein Glied herab. Ich zögerte, Halver umfasste meine Hüfte und stieß sich tief in mich, dann drückte er mich zu herunter. Ich schrie auf. So tief war er noch nie in mir gewesen. Er füllte mich aus, traf jeden Winkel meiner Scham. Ich schrie und erzitterte, dann begann ich mich hoch und runter zu bewegen, rutschte an ihm rauf, ließ mich genüsslich wieder auf ihn sinken. Immer wenn er ganz tief in mir steckte, erzitterte ich heftig. „Schneller" befahl Halver keuchend, stöhnend. Doch ich wollte das Tempo nicht ändern. Das Erschauern gefiel mir. Halver fluchte. Er hob mich von sich herunter und zwang mich, mich hinzuknien. Dann kniete er sich hinter mich und schob sich tief in mich. Er bewegte sich heftig und schnell in mir. Immer wieder schrie ich, er stieß mich hart, ich explodierte fast jedes Mal, wenn er zustieß. Dann endlich, erlöste er uns beide. Er ergoss sich tief in mir drin. Wieder konnte ich einen Schrei nicht unterdrücken.

Halver zog sich aus mir und goss wieder Wasser auf die glühenden Steine. Uns beiden lief der Schweiß über den Körper. Ich kroch zu Halver und legte meinen Kopf an seine Schulter. Ich hörte Lana laut schreien. Ja, auch sie feierte mit Tong Mey Wiedersehen. Halver hatte es ebenfalls gehört. Er zog mich an sich und wir beide schwiegen, Befriedigt, glücklich und dankbar.

Halver fielen die Augen zu. Er lehnte an mir und schlief. Liebevoll legte ich ihn auf dem Boden und goss erneut Wasser auf. Dann kam ich zu Halver zurück und legte seinen Kopf in meinen Schoss. Ich strich ihm das lange Haar aus der Stirn und setzte einen Kuss darauf. „Ach Halver, wenn ich doch nur sagen dürfte, was ich für dich empfinde.

Doch wahrscheinlich würde ich in deiner Achtung sinken, wenn du die Wahrheit erfährst." Flüsterte ich. Er grunzte, tief schlafend. Ich lächelte. Mein Mann. Halver war mein Mann, er hatte mich geheiratet, mich zu sich ins Bett geholt, mir die Liebe gelehrt. Er hatte mich gesucht, und gerettet. Nun ja, das war eigentlich Donner gewesen, doch ich wollte nicht kleinlich sein. Ich kicherte. Ich ließ Halver schlafen. Irgendwann hörte ich Tong Mey unsere getrockneten Sachen vor die Hütte legen. Ich holte sie zu uns und weckte Halver.

Wir waren noch zwei Tage bei Tong Mey und Lana geblieben, um uns auszuruhen. Halver hatte viel geschlafen. Es war schön gewesen. Lana und Halver näherten sich an. Bruder und Schwester lernten sich endlich besser kennen. Tong Mey half mir, neuen Fiebersaft zu brauen. Halver hatte mir von der Bitte der alten Frau erzählt.

„Hast du Halver gesagt, was du für ihn empfindest?" hatte Tong Mey mich gefragt, als wir im Wald Brennnessel gesammelt hatten. „Nein, natürlich nicht! Was würde er dann von mir denken!" hatte ich entrüstet geantwortet. „Er bewundert meine Stärke. Ich bin ein Freund und guter Kamerad für ihn. Nicht mehr. Das hat er immer wieder betont." Erklärte ich. Ich umwickelte die Brennnesseln mit einem Tuch und zog sie aus der Erde. Ein Stück vor mir hob Donner jetzt sein Bein. „Donner du Schwein, die kann ich jetzt nicht mehr gebrauchen" schimpfte ich, um das Thema zu wechseln. Doch Tong Mey hatte sich nicht ablenken lassen. „Nach Freundschaft und Kameradschaft hat es sich gestern aber nicht angehört in der Schwitzhütte" gab er zurück. Wieder wurde ich rot. „Nun Lana war auch nicht gerade leise bei eurer Wiedersehensfeier" sagte ich. „Wir beide wissen ja auch, dass wir uns lieben." Hatte Tong Mey gesagt. „Du bist doch sonst immer so mutig. Rede mit deinem Mann, Ich denke, er wird dich überraschen" hatte er leise gesagt. Wir waren zurück bei der Hütte.

Jetzt ritten wir schweigend durch den Wald zurück in unser Dorf. Auf einem Packpferd hinter Halver lagerte der Fiebersaft, den Halver morgen zum anderen Dorf bringen wollte. Ich sollte ihm begleiten. Er hatte Angst, ich würde erneut in Gefahr geraten, wenn er mich allein ließ. Ich fragte mich im Stillen, wie das werden sollte, wenn er im Frühjahr die Schiffe wieder flott machen ließ, um auf Fahrt zu gehen. Dann würde ich drei oder sogar vier Monate allein zurecht kommen müssen. Doch daran wollte ich jetzt nicht denken. Ich trieb mein Pferd neben Halvers und griff seine Hand. Nachdenklich drückte er meine. Ich seufzte.

Wir erreichten das Dorf in der Dämmerung. Der Dorfplatz war leer. Kein Wunder, leichter Schneefall hatte wieder eingesetzt. Meine Vorhersage mit einem frühen Winter hatte sich erfüllt. Die Menschen saßen bestimmt alle Zuhause vor ihren warmen Kaminen.

Ich schluckte. Wir waren drei Tage weggewesen. Wie würden die Menschen reagieren?

Das erste, was mir auffiel, war die offene Haustür unseres Hauses. Dann der leergeräumte Schuppen. Sämtliches, von mir mühevoll gesammeltes, Brennholz war fort. Die Menschen hier hatten sich einfach bedient. Ich fluchte laut und brachte Halver zum Lachen, allerdings kein fröhliches Lachen. Ich betrat das Haus und schrie auf. Unsere Vorratsschränke waren geplündert. Alle von mir eingekochten Beeren und Früchte waren fort. Das Pökelfleisch fehlte.

„Diese elenden Hunde. Diese Bastarde" schrie Halver laut. Er rannte wütend zur Glocke und sekundenspäter scholl der Lärm weit durch das Dorf. Überall gingen Türen auf und Männer traten vor die Tür. Sie erschraken, als sie mich sahen. Anscheinend hatte niemand damit gerechnet, dass wir lebend Heimkehren würden. Halver zog sein Schwert und schlug damit an jede Tür im Dorf. „Ich erwarte, dass unser Eigentum innerhalb von 30 Minuten wieder dort ist, wo es hingehört!" schrie er jeden an, der die Tür öffnete. „Versammlung im Gemeindehaus! Männer wie Frauen!" schrie er weiter. „Ich bringe jeden eigenhändig um, der nicht erscheint!"

Ich ging in der Zwischenzeit durch mein leeres, altes Haus. Ich weinte. Das also war der Dank der Menschen hier, dachte ich. Sie hatten nicht einmal eine Woche warten können, sich an unserem Eigentum zu bereichern. Erste Dorfbewohner erschienen und trugen Möbel zurück ins Haus. Frauen brachten mir meine Früchte wieder. Kinder trugen Holzbündel in den Schuppen. Keiner der Menschen sprach mit mir. Wütend stellte ich die Lebensmittel zurück in die Regale. Dann machte ich mich auf den Weg zum Gemeindehaus.

ccccccccccccccccccccccccccccccccccccccccccccccccccccccccccccccccccccc c

Die Frauen standen unschlüssig am Eingang, nicht wissend, wie sie reagieren sollten. Bislang hatte noch keine von ihnen diesen Raum betreten.

„Ronja ist eine Hexe. Wie sonst kann sie das alles überlebt haben? Wie kann Halver sie gefunden haben?" fragte sie alle durcheinander. Sie verstummten, als ich näher kam. Schweigend ging ich an ihnen vorbei und betrat die Halle. Zögernd folgten mir die Frauen, neugierig was Halver verkünden wollte.

Mein Mann stand am großen Tisch und winkte mich grimmig zu sich. Ich stellte mich zu ihm. Ungeduldig wartete Halver, bis sich alle Menschen in die kleine Halle drängten. Dann schlug er mit dem Griff seines Schwertes auf dem Tisch.

„Es reicht!" schrei er so laut, dass ich versucht war, mir die Ohren zu zuhalten. „Es reicht! Meine Frau hat euch nie etwas getan. Ganz im Gegenteil hat sie schon allen von euch geholfen! Vielen von euch das Leben gerettet. Allein damals als die Barbaren in unser Dorf eingedrungen sind! Wie viele von euch hat sie damals mit in den Wald genommen, um sie zu retten? Oder du Elenora!

Wer hat dir geholfen, wenn Gunther dich brutal geschlagen hat? Deine Kinder Sylvie. Sie würden heute nicht mehr Leben, hätte Ronja nicht ihr Fieber besiegt! Ihr alle verachtet und verflucht Ronja! Nur aus purem Aberglauben und Neid! Aus Feigheit habt ihr zugelassen, dass Ronja von Gunther bedrängt und beinahe vergewaltigt wurde! Ich wurde euer Häuptling und nahm Ronja zur Frau. Doch das änderte nichts an eurer Einstellung zu ihr! Sie hat euch neulich im Wald verteidigt und beschützt! Doch war niemand bereit, mir bei der Suche nach Ronja zu helfen. Und als ich nicht wiederkam, raubtet ihr unser Haus aus!" Halvers Stimme donnerte durch die Halle. Die Menschen schwiegen. Er holte tief Luft, nahm meine Hand und setzte einen Kuss darauf. Die Menschen murrten. Solche Zärtlichkeit war in der Öffentlichkeit verpönt.

„Ich lege mein Amt als Häuptling nieder! Soll sich ein anderer mit euch feigen Volk herumärgern! Ronja und ich werden euer Dorf verlassen. Wir sind nicht länger Zuhause hier!" Halver hob meine Hand. „Morgen früh verlassen wir das Dorf und kehren nicht zurück!"

Die Menge wurde laut, sie schrien durcheinander. Halver zog mich durch die aufgebrachte Menge zum Ausgang.

„Du willst das Dorf wirklich verlassen?" fragte ich Halver, der schweigend neben mir ging. Er nickte. „Nichts hält mir hier noch. Dich etwa?" fragte er zurück. Auch ich schüttelte jetzt meinen Kopf.

Im Haus brannte ein warmes Feuer. Einer der Dorfbewohner musste es entzündet haben. Eine versöhnliche Geste, die mich jedoch nicht froh machte. Ich holte etwas Fleisch und Halver aß ein wenig. Er hatte ebenso wenig Hunger wie ich. Wir gingen früh zu Bett. Halver zog mich an sich. „Wo willst du hin?" fragte ich Halver. „Wir werden eine neue Heimat finden" sagte er zuversichtlich. „Einen Ort, wo man deine Intelligenz zu schätzen weiß" sagte er leise.

Plötzlich rang sich ein Kichern aus meinem Hals. „Hast du das Gesicht des Dorfältesten gesehen, als du deine Entscheidung verkündet hast?" fragte ich kichernd. „Und das Gesicht von Elenora und Rollo, als ich dich zum Tisch gezogen habe?" fragte Halver jetzt ebenfalls kichernd. „Wir haben mehr Holz und Lebensmittel als vorher" berichtete ich und jetzt lachte Halver. „Du machst den Menschen hier ziemlich Angst. Der Mann der Gunther besiegt hat und die Wald Hexe. Ein unschlagbares Team" sagte er und kitzelte mich. Er schob mein Nachthemd hoch und strich über meinen Körper, der augenblicklich in Flammen stand. Ich hieß ihn willkommen, als er sich zwischen meine Beine legte. „Weißt du, dafür dass wir nur Freunde sind, spielen wir ziemlich oft" keuchte ich, als ich ihn tief in mir spürte. „Und das Spiel wird nie langweilig" sagte Halver kurzatmig. Er schlug mir spielerisch auf den Hintern, als ich kicherte. „Sag, bin ich immer noch nur ein Freund? " fragte er mich. Er begann sich zu bewegen. Ich zog seinen Kopf zu mir und küsste ihn leidenschaftlich.

## 9. Kapitel

„Ich werde den Wagen fertig machen. Packe du ein, was du für richtig hältst." Sagte Halver. Ich nickte schwer. Er hatte mich heute Morgen mit einen Becher Tee am Bett geweckt. Er hatte mich in der vergangenen Nacht heftig geliebt. Danach war ich sofort eingeschlafen, ohne seine Frage zu beantworten. Tong Meys Worte kamen mir wieder in den Kopf. Ich sollte Halver sagen, dass er nie mein Freund gewesen war. Dass er schon immer den Platz in meinem Herzen hatte und immer haben würde. Doch jetzt hatten wir andere Probleme. Wir mussten einen neuen Ort zum Wohnen finden. Halver überlegte, ein Stück Land zu roden in der Nähe von Tong Meys Hütte. Das hatte er mir erzählt, als er mir den Tee ans

Bett gebracht hatte. Er hatte mir beim Trinken zugesehen, seine Hand hatte gedankenverloren meinen Rücken gestreichelt. Dann hatte er sich schnell erhoben. „Ich gehe den Wagen fertig machen. Wenn ich länger hier bleibe, komme ich nicht raus aus der Schlafstube" hatte er gesagt.

„Ronja, komm bitte nach draußen" rief Halver mich. Verwundert kam ich durch die Haustür und erstarrte. Ebenso wie Halver stand ich der gesamten Dorfgemeinschaft gegenüber. Wir starrten die Menschen an, die uns unsicher Blumen entgegen hielten. Ich rührte mich zuerst. Ich bückte mich zu den Kindern, um ihnen die Blumen abzunehmen.

„Häuptling Halver. Wir haben uns deine Worte durch den Kopf gehen lassen. Wir haben die ganze letzte Nacht gesprochen. Und zwar nicht nur wir Männer, auch die Frauen. Wir wollen nicht dass ihr geht!" sagte jetzt der Älteste. Die Menschen stimmten seinen Worten zu. Erstaunt sah ich zu Halver. Wie würde er auf die Worte der Menschen reagieren?

„Wir haben uns überlegt, euch Greta anzubieten. Sie würde in dein Haus einziehen." Sagte einer der Männer nun. Er schob ein Mädchen in die Mitte. „Sie könnte euch beiden dienlich sein." Sagte der Mann eindeutig zweideutig, ich hörte den Unterton in dessen Stimme und schluckte tief. Deine Frau wäre dann nicht allein, wenn wir auf Fahrt gehen" rief ein anderer Mann. Greta stand im Kreis der Menschen, hatte den Kopf gesenkt und weinte. Ich hatte furchtbares Mitleid mit dem schüchternen Mädchen, dessen Eltern im vergangenen Jahr am Fieber gestorben waren. Sie lebte jetzt im Haus ihres Onkels, wurde dort allerdings nur geduldet und musste hart arbeiten. Als minderjährige Waise hatte ihr Onkel alles geerbt. Es war nun seine Aufgabe, einen Mann für Greta zu finden und ihr eine Mitgift zu stellen. Würde er sie bei uns unterbringen, würde es ihm viel Gold und Leinen sparen! Halver schwieg. Er sah erst die Menschen, dann Greta, dann mich an.

Ohne auf die Menschen zu achten, zog Halver mich wieder ins Haus und warf mit Schwung die Tür zu. „Was meinst du, Ronja?" fragte er mich dann und fuhr sich durch die Haare. Ich schwieg und Halver grunzte grimmig. Er kam zu mir und schüttelte mich etwas. „Hast du wieder Angst, ich würde das Angebot mit Greta annehmen?" fragte er mich. „Antworte" wurde er lauter, als ich schwieg. „Ich habe Mitleid mit Greta", sagte ich ausweichend. „Das ist nicht meine Frage!" schnauzte Halver. Die Menschen standen geduldig vor unserer Tür, es war ihm egal. „Muss ich wieder betonen, dass du mir genug bist? Vertraust du mir wieder nicht?" fragte er bitter.

„Ich vertraue dir. Das tue bereits mein ganzes Leben!" schnauzte ich zurück. Es brach aus mir heraus. „Aber ich habe Angst, unsägliche Angst! Du hast mir ein Spiel gezeigt, dass mich süchtig macht! Jeden Tag kann ich es nicht abwarten, dass es dunkel wird und du Heimkommst. Mich in deine Arme nimmst! Ich liebe es, wenn du mich begattest! Wenn du mich liebst, in allen möglichen.." Ich unterbrach meine Rede und lief hochrot an. „Wir sind Freunde, das hast du beim ersten Mal gesagt. Tong Mey sagte neulich, das Spiel würde noch schöner und großartiger sein, wenn man sich lieben würde!" Sagte ich weiter. Halver wollte mich unterbrechen, doch ich hob meine Hand. „Das kann ich natürlich von dir nicht erwarten. Du hast mich geheiratet, weil wir Freunde sind und du mir helfen wolltest. Dafür danke ich dir. Doch ich kann nicht in meiner Stube liegen und wissen, du liegst mit einer anderen Frau im Bett, eine die du vielleicht lieben lernst. Und mit ihr spielst, statt mit mir. Intensiver, besser! Das du mich vielleicht darüber vergisst!" sagte ich hastig. So jetzt war es heraus, ich schlug die Hände vor das Gesicht. Ich schämte mich gnadenlos. Halver hatte mich wegen meiner Stärke und meinem klugen Denken geachtet. Wie würde der Mann nun über mich denken? Ich zitterte. Erst leise, dann laut begann Halver zu lachen. Er brüllte fast, so sehr lachte mein Mann. Er lachte mich aus. Er lachte über mich!

Ich wusste, es war ein Fehler gewesen! Halver würde mich nie wieder mit solch einer Bewunderung ansehen, wie er es bislang getan hatte! Ich wollte in meine Schlafstube. Ich wollte weg von dem Mann, dem ich mein Herz ausgeschüttet hatte und der mich nun gnadenlos auslachte!

Doch Halver bekam mich zu fassen und zog mich zu sich. Er hob meinen Tränennassen Kopf und küsste mich liebevoll. Dann wischte er mir die Tränen aus dem Gesicht. „Du bist ja eifersüchtig! Du bist tatsächlich eifersüchtig auf Greta, Elenora und andere Frauen!" sagte er, immer noch lachend. Ich versuchte mich aus seinem Griff zu lösen. Doch er hielt mich gnadenlos fest. Dann schwenkte er mich durch die Stube. Ich schrie auf. Wütend, frustriert, gedemütigt. „Meine Frau zeigt doch tatsächlich weibliche Gefühle!" sagte er und wieder küsste er mich. Ich kniff meine Lippen zusammen, ich wollte nicht, dass er mich küsste. Seine Hand klatschte schmerzhaft auf meinen Hintern, ich schrie auf, schnell lag sein Mund auf meinen, seine Zunge drang ein und begann ein erotisches Spiel mit meiner. Halver hob mich hoch und setzte mich auf den Tisch. Er zerrte an meinen Unterkleidern. Ich half ihm und schon lagen diese auf dem Boden. Ohne den Kuss zu unterbrechen, stellte er sich zwischen mich und öffnete seine Hose. Ich schob mein Becken vor und hieß ihn willig willkommen, als er sich in mich schob.

„Die Menschen, sie stehen bestimmt immer noch vor unserer Tür" flüsterte ich erregt, jeden seiner Stöße willkommen heißend. Halver nickte. „Weißt du, wie egal mir das, in diesem Moment, ist" keuchte er. „Ich begatte meine Frau. Und sie liebt es, wenn ich es ihr besorge. Du bist willig und bereit, wann immer ich nach dir verlange! Ich wäre ein Dummkopf, würde ich mir ein zweites Weib ins Haus holen und auf das hier verzichten!"

sagte er und stieß mich schneller, härter. Ich stopfte mir die Faust in den Mund, als eine Welle durch mich rauschte. Halvers Hand legte sich auf meinen Mund und erstickte den Schrei, der sich in mir bildete. Dann kam er tief in mir. Wieder lag Halvers Hand auf meinem Mund. Sekundenlang schwiegen wir beide. Dann half Halver mir vom Tisch und reichte mir meine Unterkleider. Er schloss seine Hose.

„Was wollen wir nun wegen Greta und den Menschen draußen tun?" fragte er mich dann. Er sah aus dem Fenster. Alle standen noch draußen und warteten. Ich seufzte. Greta tat mir leid. Ihr Onkel war ein Schwein, ich wusste es. Auch wenn er das Mädchen nicht geöffnet hatte, so ließ er doch nicht seine Finger von ihr. Und er war ein Geizhals, der das Vermögen seines Bruders zwar genommen hatte, es aber Greta als Mitgift verweigerte. Deshalb hatte das arme Mädchen auch keinen Werber. Dabei war sie hübsch, fleißig und nett.

Halver reichte mir seine Hand und wir beide traten wieder vor die Menschenmenge, die uns nun erwartend ansah.

„Ronja und ich werden uns noch nicht entscheiden! Wir werden in das dritte Dorf reiten, um die Medizin dort hinzubringen! Wir werden etwa drei Tage fortbleiben. Das ist Zeit genug, um uns eurem Vorschlag zu überlegen!" bestimmte Halver laut. Murmelnd hörte ich die Menschen diskutieren. „Und wie verbleiben wir mit Greta?" fragte jetzt der Onkel des Mädchens. Er wollte sie aus seinem Haus haben, das spürte ich. Halver schwieg nachdenkend. Ich reckte mich zu ihm und flüsterte ihm ins Ohr. Halver lächelte. „Greta wird in meine ehemalige Hütte ziehen! Ronja lobt ihr eine großzügige Mitgift aus. Sie wird sich des Mädchens annehmen und ihr beibringen, was sie wissen muss. Wer sich um Greta bewerben will, muss zu mir kommen!" bestimmte Halver, meine geflüsterten Worte weitergebend. Gretas Onkel lief hochrot an. „Aber die Mitgift ist meine Angelegenheit" stotterte er. Halvers Worte hatten ihn beleidigt. Ich schmunzelte. Das hatte ich damit erreichen wollen. Ich trat vor. „Wir haben also dein Wort, Urobe! Du stellst deiner Nichte eine gute Mitgift! Ich werde noch etwas dazulegen. Greta ist eine hübsche, nette, fleißige Frau." Sagte ich laut. Dann holte ich tief Luft. „Auch wenn sie allein in der Hütte lebt, so ist sie für Männer tabu!" die Männer schwiegen und sahen Halver an. „Ihr habt meine Frau gehört!" sagte er nur. Dann zog er mich wieder ins Haus. „Und jetzt Weib, wäre es schön, wenn der Duft von Grütze den Raum erfüllt" sagte er lächelnd.

cccccccccccccccccccccccccccccccccccccccccccccccccccccccccccccccccccccccc

„Hast du deshalb die Runen- Würfel manipuliert vor der letzten Fahrt? Damit ich zuhause bleiben musste?" fragte Halver mich schmunzelnd, ein Lachen unterdrückend. Wir ritten durch den Wald, hinter uns das Packpferd mit den Fässern. Vor uns tobten Donner und Blitz. Ich hatte ein

neues Reitpferd geschenkt bekommen. Die Dorfbewohner hatten es mir schweigend vor das Haus gestellt. Ich vermutete, um mich zum Bleiben zu überreden. Das Pferd war nervös, die Wölfe machten ihm Angst. Mein Kopf schoss in Halvers Richtung. „Das hast du bemerkt?" fragte ich und biss mir auf die Zunge. Ich hätte es leugnen sollen, dachte ich beschämt. Halver lachte leise. Ich starrte wütend auf den Weg, seinen Blick ausweichend.

„Ich habe nie die Größe oder Stärke meines Bruders gehabt, aber ich kenne mich mit sehr gut mit Glücksspiel aus. Du gabst deinem Vater andere Runen-Würfel, als ich dran war. Ulme hat es nicht gemerkt, aber ich. Du griffst in deine Tasche und hast die Würfel ausgetauscht. Dann, als ich fertig war, hast du es noch einmal getan und die falschen Würfel wieder eingesteckt. Du hast an den manipulierten Würfeln die Ecken abgeschliffen, oder?" fragte er mich. Ich war feuerrot geworden. Ich hatte nicht gewusst, dass Halver das mitbekommen hatte. Halver lachte laut und kam zu mir. Er griff meine Hand und drückte sie. „Es war mir doch sehr recht, Ronja. Ich wollte nicht auf Fahrt gehen. Ich hatte andere Pläne." Sagte er jetzt versöhnlich.

„Jedes Mal, wenn du und Vater auf Fahrt gegangen seid, habe ich euch so vermisst. Ich stellte mir immer wieder vor, wie es sein würde. Ihr handelt oder überfallt Dörfer. Mordet und tötet. Und ihr schändet Frauen. Ich wollte mir nicht vorstellen, dass du oder Vater euch daran beteiligt!" verteidigte ich mich. Ich schluckte tief. Die Vorstellung, Halver könnte anderen Frauen Gewalt antun, schmerzte heftig.

„Dein Vater und ich haben uns nie daran beteiligt. Wir haben immer versucht, es zu verhindern. Wenn wir in ein Dorf kamen, sorgte ich stets dafür, dass die Frauen und Mädchen das Dorf verließen, sehr zum Ärger von Gunther. Und wenn ich eine Frau begehrte, bat ich sie zu mir. Allerdings nur, wenn sie bereits geöffnet war. Dein Vater hielt es ebenso." Erklärte Halver. „Ich hatte bisher nur eine einzige Jungfrau!" sagte er ernst und drückte erneut meine Hand. „Dafür aber interessante Waldspaziergänge" rutschte es mir heraus.

„Ich liebe deine Eifersucht. Sie macht dich unwiderstehlich" sagte Halver und lachte, als ich nur grunzte.

cccccccccccccccccccccccccccccccccccccccccccccccccccccccccccccccccccccccccccccccccccc
ccc

Ein trauriges Bild bot sich uns, als wir das Dorf erreichten. Es waren viel mehr Menschen am Fieber erkrankt, als bei Halvers letztem Besuch. Der Dorfplatz war verwaist, Aus dem Häusern und Hütten drang ein widerlicher Gestank. „Bei Lokis Höllenfahrt" fluchte Halver. Er hob mich vom Pferd und klopfte an eine der Türen. Meine liebe, alte Freundin öffnete. Ihre Augen von Tränen nass. „Odin sei Dank, ihr seid hier" sagte sie. Sie wies auf das Bett hinter sich. Ihr Mann lag schwerkrank darin und hustete. „Warte Halver!" rief ich und rannte zu meinem Pferd. Ich holte zwei Tücher hervor und zeigte ihm, wie er es sich vor den Mund binden sollte. Fragend sah Halver mich an, schwieg aber. Er tat, um was ich ihm bat und trat dann in die Hütte. Ich folgte ihm. Der alte Mann keuchte, seine Atmung war flach und unregelmäßig.

„Dein Saft war alle, Ronja. Und dein Mann kam nicht wieder mit der versprochenen Lieferung. Wir alle haben Kranke in den Häusern. Die Erkrankten spucken und urinieren unkontrolliert. Alle Hütten und Häuser sind dreckig von Unrat!" berichtete die Frau. „Mein Mann und ich halfen, wo wir konnten, doch jetzt hat es meinen Mann auch erwischt. Ich habe Angst, dass er stirbt".

Ich nickte grimmig. Dann drehte ich mich zu Halver herum. „Nimm um keinen Preis das Tuch vom Mund!" befahl ich ihm. „Wasche dir nach jedem Kontakt mit kranken Menschen die Hände in heißem Wasser!" Ich reichte der alten Frau nun auch ein Tuch und sah zu, wie sie es sich um den Mund band. „Du gehst von Haus zu Haus! Alle erkrankten Menschen müssen in das Gemeindehaus gebracht werden. Baut dort Betten und Lager für sie auf! Wir müssen die Kranken von den Gesunden trennen! Du, Halver sorgst dafür, dass reichlich heißes Wasser bereitet wird! Wir müssen die Kranken abwaschen. Und dass mehrmals täglich." Erklärte ich. Beide Menschen vor mir sahen mich verwundert an. Dann nickte Halver. Er schob die Frau zur Tür. „Geh, benachrichtige deine Nachbarn!" befahl er streng. Er ging zur ersten Tür und schlug energisch dagegen. Er hielt die Luft an, als die Tür aufging. Ein unsäglicher Geruch strömte ihm entgegen. „Ich bin Halver! Häuptling der Gemeinde! Bringe deine Kranken ins Gemeindehaus! Sorge für ein Lager für sie dort! Wir sind mit Medizin gekommen, um euch zu helfen." sagte er streng. Dann nahm er einen Schreiber und Papier. „Wie viele Kranke hast du!" fragte er. Das wiederholte er an jeder Hütte. Als er die letzte Hütte erreicht hatte, sah er, wie die Menschen ihre Kranken trugen, schleppten oder stützten. Alle auf dem Weg zur Gemeindehalle. Die alte Frau hatte einen riesigen Kessel besorgt und ließ diesen von den gesunden Kindern mit Wasser füllen. Dann entfachte sie ein Feuer darunter.

„Es sind 34 Menschen erkrankt. Fünf Alte und 14 Kinder dabei." Sagte Halver. Er kam in die Hütte zurück. Er nahm den alten Mann auf und trug ihm zur Gemeindehalle. „Du hast eine Liste gemacht?" fragte ich erstaunt. Ich war stolz auf meinen klugen Mann. „Es ist wie in einem Krieg. Wir müssen eine Übersicht über Kranke, Verletzte und Tote haben" erklärte er mir. Ich nickte. Halver hatte Recht. Wir kämpften einen Krieg. „Wenn alle Kranken hier sind, sorge dafür, dass die Hütten gereinigt werden" ordnete ich an. „Die Menschen dürfen mit den Exkrementen nicht in Berührung kommen! Sie sollen es mit Schaufeln wegmachen und verbrennen" sagte ich hart. Halver nickte. Er wollte das Tuch entfernen, um mich zu küssen. Doch ich hinderte ihn daran. „Das sollten wir die nächste Zeit unterlassen" sagte ich. Er nickte bedauernd. „Woher nimmst du nur das ganze Wissen?" fragte er mich. Ich zuckte nur mir den Schultern. Ich wusste es nicht.

Ich lief durch die engen Gänge in der Halle und half wo ich konnte. Immer wieder musste ich die Menschen ermahnen, sich die Hände im heißen Wasser zu reinigen. Ich verteilte Tee und Medizin. Halver überwachte die Reinigungen der Hütten. Es stank erbärmlich, als der riesige Haufen aus Exkrementen und schmutziger Wäsche in Flammen aufging.

Um Mitternacht hatten wir den ersten Toten zu beklagen. Ein kleiner Junge war zu schwach gewesen, um sich gegen das Fieber zu wehren. Er starb in den Armen seines Vaters. Der Mann brachte den toten Jungen zu seiner schwerkranken Frau. Sie nahm das Kind liebevoll in den Arm, dann machte auch sie ihren letzten

Atemzug. Sie hatte ohne ihr Kind nicht weiterleben wollen.

Halver half dem verzweifelten Mann, Frau und Kind nach draußen zu bringen. Beide wurden liebevoll eingewickelt und in eine leerstehende Hütte gebracht. Dort sollten sich in dieser Nacht noch drei weitere Menschen finden.

„Du musst unbedingt schlafen" sagte Halver am Morgen des nächsten Tags. Ich nickte. „Du auch" sagte ich. Doch Halver schüttelte seinen Kopf. „Ich bin es durch die Fahrten gewohnt, zwei, drei Tage ohne Schlaf auszukommen" widersprach er mir. „Du brauchst aber deine ganze Kraft, um dich gegen die Krankheit zu wehren" sagte ich. Ich ging mit Halver zum Waldrand. Dann zog ich meine neue Muschel aus der Tasche und rief Donner. Ich hörte den Wolf im Wald heulen. Er traute sich nicht so dicht an das Dorf, das wusste ich. Ich nahm Halvers Hand und ging tiefer in den Wald. Donner kam zögernd näher. Er schnüffelte wild und ließ sich nur ungern von mir anfassen.

Verwundert schüttelte Halver seinen Kopf. Er hatte mich doch schon toben gesehen mit dem massigen Tier, warum verhielt er sich nun so merkwürdig?

„Ich habe den Geruch des Todes an mir. Das irritiert Donner" erklärte ich Halver. Ich holte ein Band aus meiner Tasche und band es Donner um. „Das ist eine Nachricht an Tong Mey. Wir brauchen hier seine Hilfe. Alles was ich von Medizin weiß, hat er mich gelehrt" erklärte ich. Ich schickte Donner los. „Ich weiß nicht mehr weiter. Ich hoffe, Tong Mey kommt" sagte ich leise. Halver zog mich an sich. Ich wusste, mein Mann hoffte dasselbe.

cccccccccccccccccccccccccccccccccccccccccccccccccccccccccccccccccccccccccccccccccccccccccccc
ccc

Großer Aufruhr weckte mich vier Stunden später. Tong Mey war im Dorf angekommen. Es war das erste Mal für meinen Freund, dass er eins unserer Dörfer betrat. Die Menschen hatten noch nie einen Fremden mit Tong Meys Aussehen gesehen. Unsicher sahen sie Halver an. Hart wiederholte mein Mann Tong Meys Anordnungen. Er schrie, als die Menschen zögerten. Das weckte mich aus meinem erschöpften Schlaf.

Tong Mey ließ eine große Schwitzhütte in der Mitte des Dorfes errichten. Er überwachte den Bau. Lana hatte sich in die Gemeindehalle begeben, um sich einen Überblick zu verschaffen. Mit Tränen kam sie wieder und flüsterte Tong Mey ins Ohr. Er fluchte und befahl, sich mit dem Bau zu beeilen. Er erhitzte die Steine und ließ, zuerst die Kinder, dann die alten Menschen in die Schwitzhütte bringen. Er sorgte dafür, dass die Kinder tief einatmeten. Dann ließ er sie rausbringen und abwaschen. „Packt sie warm ein. Lasst sie erneut schwitzen" befahl Tong Mey. Endlich hatte er sich Gehör verschafft. Alle drei Stunden wurden Menschen aus der Schwitzhütte getragen und wieder andere hinein. Lana und ich verteilten Medizin. Halver war in mit gesunden

Kindern in den Wald gegangen, um Brennnesseln zu pflücken. Wir setzten einen neuen Sud auf. Die Medizin würde bald zu Ende gehen. Tong Mey inspizierte die gesäuberten Hütten. In jeder Hütte verteilte er Mengen an aufgeschnittenen Zwiebeln. „Das vertreibt die bösen Geister" erklärte er den Menschen, die ihm ungläubig folgten.

Nach drei Tagen war das Schlimmste überstanden. Wir hatten insgesamt sieben Menschen verloren. Der Mann meiner Freundin hatte es zum Glück geschafft. Dankbar war die alte Frau mir vor die Füße gefallen. Alle anderen Menschen im Dorf taten es ihr gleich. Ich lief hochrot an und vergrub meinen Kopf an Halvers Schulter. „Wenn ihr nicht gewesen wärt, Häuptling Halver, Ihr und eure kluge Frau, dann wären viel mehr Menschen gestorben, sagte einer der Männer. Er brachte uns einen Wagen, beladen mit Gold und anderen Gegenständen. „Nehmt unseren Dank an, Häuptling" sagte der Mann.

„Euren Dank nehmen meine Frau und ich gerne an, doch nicht euer gesamtes Vermögen!" sagte Halver. „Wir halfen, weil wir es konnten. Nicht um uns zu bereichern!" sagte er streng. Er drückte meine Hand und ich erschrak. Halvers Hand war warm, mehr als warm. Ich schwieg, doch ich zog angsterfüllt meine Augen zusammen. Halver ordnete den Bau eines großen Boots an. Wir würden alle Toten gemeinsam nach Walhalla schicken.

„Du bist ganz warm" sagte ich. Halver und ich gingen durch das Dorf. Überall grüßten uns die Menschen. Sie hatten ihre Kranken wieder Zuhause. Sie musste zwar noch das Bett hüten, doch sie waren auf dem Weg, gesund zu werden.

„Mir mangelt es nur am Schlaf" sagte Halver. „Wir werden Heimreiten, dann kann ich schlafen." Bestimmte er. Ich nickte. Tong Mey und Lana waren wieder fort, zurück in ihre Hütte. Den Rest würden die Menschen hier auch allein schaffen. Halver würde einige Männer aus den anderen

Dörfern schicken, um beim Bau des Bootes zu helfen.

## 10.Kapitel

Es war Mittag, als Halver vom Pferd fiel. Er fiel einfach, ohne Vorwarnung.

Wir waren auf dem Heimweg und hatten den halben Weg hinter uns, als er plötzlich fiel. Ich schrie auf. Ich sprang von meinem Pferd und rannte zu ihm. Halver war heiß, er glühte fast, und zitterte wie Espenlaub. Das Fieber hatte meinen Mann erwischt! Trotz aller Vorkehrungen war Halver erkrankt.

„Odin, bitte habe ein Einsehen" rief ich laut durch den Wald.   Mein Ruf blieb unerhört. Ich schaffte es mit aller Kraft, Halver wieder auf sein Pferd zu bekommen. Er schwankte und Schweiß lief über sein Gesicht. Fast wäre er erneut gefallen.  „Beug dich vor" befahl ich Halver. Ich holte einen Strick und band ihm auf seinem Pferd fest. Dann stieg ich wieder auf und ritt, so schnell es Halvers Zustand zuließ, zu Tong Mey.

cccccccccccccccccccccccccccccccccccccccccccccccccccccccccccccccccccccccccccccccccccc

„Bitte Odin, nehme mir nicht den Mann, den ich seit ewiger Zeit liebe" flehte ich verzweifelt. Seit drei Tagen saß ich mit Halver in Tong Meys Schwitzhütte. Immer wieder flößte ich meinem Mann Medizin ein, wusch seinen fieberheißen Körper mit kaltem Wasser ab. Außer Husten kam kein Ton von Halver.   Ich rieb ihn wieder ab. Gestern hatten wir Halver in eine mit Schnee gefüllte Wanne gelegt. Er hatte so dermaßen geglüht, dass Tong Mey das Schlimmste befürchtet hatte.  Tong Mey sagte, wir müssten die Hitze aus Halver heraustreiben. Ich hatte an der Wanne gekniet, seinen Kopf in den Händen. „Du darfst mich nicht verlassen. Ich liebe dich, du dummer Esel. Du darfst mich nicht allein lassen!" hatte ich Halver angeschrien, wissend, er konnte mich in seinem Fieberwahn nicht hören. Wieder hustete Halver. Ich hielt seinen Kopf, um ihm das Husten zu erleichtern. „Wehe du stirbst, Idiot" schrie ich Halver an. „Ich will dich nicht verlieren! Ich liebe dich, blöder Esel" schrie ich.

„Da muss ich erst fast sterben, damit du mir die Worte sagst, auf die ich schon so lange warte" hörte ich Halvers kratzige, heisere Stimme sagen. Schwerfällig öffnete er seine Augen und sah mich an. Glücklich umarmte ich Halver und setzte tausend kleine Küsse auf sein Gesicht. Er sprach und fühlte sich bedeutet kühler an. Er hatte das schlimmste überstanden. Ich war unendlich dankbar. Es war mir egal, dass er mein Geständnis gehört hatte. Ich war einfach nur dankbar, ihn reden zu hören. „Rede weiter Idiot" flehte ich Halver an. Ich legte meine Hand auf sein

Herz, es schlug bedeutend langsamer als noch gestern. „Sage noch einmal, dass du mich liebst" sagte Halver schwach. Er versuchte, sich aufzurichten. Ich half ihm und schlang meine Arme überglücklich um ihn. „Durst" sagte er und hastig reichte ich ihm das eisige Wasser. „Langsam" befahl ich. Dann stellte ich den Krug beiseite. „Ich liebe dich, Halver. Ich liebe dich schon so lange! Ich war tieftraurig, als du dich für Elenora entschieden hattest!" gab ich zu. „Ich wollte keinen anderen Mann als dich, nie!" setzte ich hinzu, als er schwieg. Er hob schwer seinen Arm und zog mich in seinen Schoss. Ich lag, halb saß ich und umarmte ihn. Tränen liefen über mein Gesicht und tropften auf seinen nackten Körper. Halver versuchte zu lachen, doch es kam nur ein heiseres Husten aus ihm heraus. „Wieder lachst du über mich. Immer wenn ich dir etwas über meine Gefühle offenbare, lachst du mich aus" sagte ich deprimiert.

„Ich lache, weil ich glücklich bin, Mädchen. Seit über ein halbes Jahr warte ich auf diese Worte von dir!" sagte er schwach. Verwundert hob ich meinen Kopf. Er wartete seit einem halben Jahr darauf, dass ich ihm sagte, dass ich ihm liebte? Ich legte meine Hand auf seine Stirn. „Du bist noch im Fieberwahn" sagte ich unsicher. Doch seine Stirn fühlte sich angenehm kühl an. „Nein, so klar wie jetzt war ich schon lange nicht mehr, Ronja Halvers Frau!" sagte er kratzig. Er zog mich zu sich, wollte mich küssen, überlegte es sich aber und strich mir über die Wange. Ich wusste, er befürchtete, mich anzustecken. „Vor einem halben Jahr schlug dein Vater vor, ich solle mich um dich bemühen. Er wollte dich in Sicherheit wissen, wenn er starb." Halver verzog sein Gesicht. „Dein Vater glaubte, du hättest kein Interesse an Männern" gab Halver preis. Ich schluckte. „Hast du mich deshalb in unserer Hochzeitsnacht danach gefragt?" fragte ich und Halver nickte. Er zog an meinem Zopf und lachte, als mich verärgert befreite. „Du hast dich nie für einen Mann interessiert. Du warst immer für dich allein. Da lag die Vermutung nahe" verteidigte

Halver meinen Vater. „Zum Glück hat dein Vater sich in diesem Punkt geirrt. Oh Mann, hat Ulme sich geirrt!" sagte Halver und lachte, als ich erneut rot wurde. Jedenfalls schlug Ulme vor, ich solle um dich freien. Wir beide seien doch Freunde und er hatte schon schlechtere Ehen getraut. Also ließ ich mir seinen Vorschlag durch den Kopf gehen. Die Vorstellung, Gunther würde dich in sein Haus nehmen, machte mich wahnsinnig. Immer öfter suchte ich deine Nähe. Das musst du doch bemerkt haben, Mädchen" sagte Halver. Wieder musste er husten. Schnell reichte ich ihm die Medizin. Er verzog das Gesicht, trank aber brav. „Ich flirtete wie verrückt mit dir, doch du hast es einfach nicht bemerkt" sagte er dann und setzte sich zurück.

„Ich dachte, du bist unsterblich in Elenora verliebt" verteidigte ich mich. „Außerdem sind wir Freunde, wir haben uns oft, heimlich, getroffen."

„Elenora hatte mich verblendet, wie alle anderen Männer im Dorf. Halvers Tracht Prügel, als die Frau mich fälschlicherweise beschuldigt hat, ihre Unschuld geraubt zu haben, hat mich schnell von ihr kuriert. Sie tat mir nur noch leid." Sagte Halver. Er zog mich auf seinen Schoss. „Als du die Runen-Würfel manipuliert hast, dachte ich, dass du auch etwas für mich empfinden musst, wenn du so etwas tust. Mehr als nur Freundschaft" Er strich mir über den Kopf, seine Hand verharrte an meinem Hals und strich über die pulsierende Ader. „Doch, stur und dickköpfig wie du bist, hast du mich lange auf Folter gespannt, bis du es zugegeben hast" sagte er weiter. „Und ich dachte, du siehst nur eine Freundin in mir. Eine Freundin, die Hilfe brauchte. Mit der man gut spielen kann" antwortete ich heiser. Halver lachte und hustete gleichzeitig.

„So Leute, habt ihr euch endlich ausgesprochen? Es wird Zeit, Halver abzuwaschen", sagte Tong Mey. Er stand im Eingang der Schwitzhütte und lächelte uns entgegen.

„Meine Frau ist nackt" sagte Halver ungehalten, als Tong Mey näher kam. „Das ist sie bereits seit drei Tagen. Und es stört mich nicht. Mein Paradies heißt Lana und wartet draußen mit kaltem Wasser auf dich, Halver!" antwortete Tong Mey lachend. Er half Halver auf die Beine.

cccccccccccccccccccccccccccccccccccccccccccccccccccccccccccccccccccccccccccccccccccc
c

Wir lagen eng aneinander gekuschelt in unserem Bett, das Feuer im Kamin brannte und verströmte eine wohlige Wärme. Wir waren wieder in unserem Dorf und die Menschen dort hatten uns als ihre Anführer akzeptiert. Niemand war in der Zeit, da wir fort waren in unser Haus eingedrungen. Oder hatte unser Holz gestohlen. Halver war immer noch nicht ganz bei Kräften, doch es wurde jeden Tag besser. Jetzt strich seine Hand über meinen nackten Körper und erregte mich. Ich hatte meine Nachthemden in den

Schrank verband, ich brauchte sie nicht mehr. Es war viel schöner, Halvers nackte Haut an meiner zu spüren. Er strich über meine Brüste, spielte mit den Warzen und entlockte mir ein Keuchen. Er strich mit der anderen Hand um meine Scham und sein Finger verschwand zwischen mir. „Du solltest dich noch schonen" gelang es mir zu sagen, dann konnte ich nur noch stöhnen. Sein Mund setzte kleine Küsse auf meinen Nacken und meinen Schultern. Ich griff hinter mir und spürte sein hartes Glied. Sanft strich meine Hand darüber. Halver zog meinen Po zu sich und schob sein Glied tief in mich. Ich schrie leise auf, es fühlte sich so gut an, wie hatte ich es vermisst. „Ich muss doch die Tage noch ausnutzen. Bald hast du deine Blut Tage." Sagte Halver heiser. Er begann sich zu bewegen und ich gab kleine, spitze Schreie voller Lust von mir. Halver drehte mich, er lag jetzt auf mir und stieß mich schneller. Ich schrie in mein Kissen, bockte und zitterte. Dann entleerte er sich und ich bockte heftig, die Welle in mir war gewaltig. Halver ließ sich zur Seite fallen, es hatte ihn angestrengt. Doch er lächelte glücklich, befriedigt. „Um die Blut Tage brauchst du dir erst in etwa sieben Monaten wieder Gedanken machen" sagte ich lächelnd und kuschelte mich an Halver. Er verzog nachdenklich sein Gesicht und strahlte dann, als er meine Worte verstand. Liebevoll, fast ungläubig strich er über meinen Bauch. „Ich denke, unsere Hochzeitsnacht war mehr als erfolgreich" flüsterte ich. Ich lachte, als er mich kitzelte. „Bist du dir sicher?" fragte er unsicher. Ich nickte. „Meine letzten Blut Tage waren einen Tag vor unserer Hochzeit zu Ende" erklärte ich. „Dann hast du mich begattet."

Wieder strich Halver ungläubig über meinen Körper. „Ich liebe dich Ronja Halvers Frau. Als dein Vater mir den Vorschlag gemacht hat, da habe ich ihn ausgelacht. Ich sagte, aus Freunde könnte nie ein Paar werden. Doch je mehr ich darüber nachdachte, wurde mir klar, dass ich dich bereits seit deiner Geburt liebe". Sagte er heiser.

„Und ich liebe dich. Einen anderen Mann als dich hätte ich nie geheiratet." Sagte ich liebevoll. Dann wurde ich ernst, sehr ernst. „Was, wenn das Kind ein Mädchen wird?" fragte ich angsterfüllt. Ich hatte Angst, Angst vor dem alten Brauch. „Dann werde ich meine Tochter in die schönste und wärmste Decke hüllen, sie nehmen und.." er machte eine Pause und küsste mich auf dem Mund. „An jede Tür hier im Dorf klopfen und ihnen meine Tochter vorstellen!" sagte Halver bestimmt. „Ich werde auf mein Kind ebenso stolz sein, wie ich es auf die Mutter bin!"

# Epilog

„Vaters Schiff ist auf dem Weg zu uns" Ich hob meine Hand und wies auf die Möwen, die auf Meer hinaus flogen. Meine kleine Tochter hob ihren Kopf und sah den Vögeln hinterher. Sie lachte glücklich auf. Mit ihren vier Jahren war sie bereits sehr klug, wesentlich weiter, als die anderen kleinen Kinder im Dorf. Halver hatte sein Wort gehalten. Als Svenja geboren wurde, hatte er sie in eine Decke gewickelt und an jede Tür im Dorf geschlagen, um ihnen stolz sein Kind zu präsentieren. Laute Worte waren gekommen, Worte des Unverständnisses und Worte über den alten Brauch, und Odin das Opfer zu verweigern. Doch Halver hatte die Menschen ausgelacht. Der Beweis seiner Weigerung schlief tief und fest an meiner Schulter. Sicher in einem festen Tuch gewickelt, trug ich unseren Sohn bei mir. Ich lächelte. Svenja war eine echte Schönheit. Bereits mit ihren vier Jahren, bewunderten und verehrten die Menschen hier unsere kleine

Tochter. Sie war groß mit wunderschönen, blonden Haaren, ein Erbe ihres Vaters. Große, blaue Augen, die das Mädchen zusammenziehen konnte, wenn sie wütend wurde. Jetzt war ein kleiner Schatten am Horizont zu sehen. Ich hob Svenja hoch, um es sie sehen zu lassen.

„Lass uns zum Hafen" bat Svenja. Sie zerrte an meinem Arm. Gutmütig ließ ich mich von meiner Tochter zur großen Glocke ziehen. Gemeinsam läuteten wir dreimal. Das Dorf erwachte zum Leben. Jetzt wussten auch sie, das Schiffe unterwegs waren. Elenora kam uns entgegen. Sie war jetzt Mutter von drei Kindern. Mit jedem Kind wurde sie fülliger, runder. Von ihrer einstigen Schönheit war nichts geblieben. Schwerfällig wartschelte sie zum Hafen, gefolgt von Rollo, der die drei Kinder hielt.

Drei Monate, drei verdammt lange Monate war Halver fort gewesen. Wie hatte ich ihn vermisst. Ich freute mich unbändig auf meinen Mann. Ich lächelte, er wusste noch nichts von seinem Sohn, der kurz nach seiner Abfahrt geboren worden war. Halver hatte eigentlich nicht fahren wollen, doch es war die letzte Fahrt, bevor der Winter kam und wir brauchten dringend Vorräte.

Halver stand am Bug des ersten Schiffs und winkte glücklich, als er mich in der Menge entdeckte, die am Ufer stand. Er sprang aus dem Schiff und kam zu mir gelaufen. Es störte ihn nicht, dass er halb durch das Wasser waten musste. Überglücklich umfasste er mich und schwenkte mich herum. Dann sah er das kleine Bündel an meiner Schulter und stellte mich vorsichtig ab. Er lüftete das Tuch etwas und starrte verblüfft auf ein rotes Haarbüschel. „Dein Sohn, Häuptling" sagte ich ernst, konnte jedoch ein Grinsen nicht verbergen. „Rote Haare?" flüsterte Halver mir ebenfalls grinsend zu. Ich nickte. Halver hob Svenja in seine Arme und küsste mich. „Ich bin stolz auf euch. Welchen Namen hat mein Sohn?" fragte er mich dann streng. Die Menschen um uns herum, hörten neugierig zu. „Noch keinen, Gemahl. Aber ich dachte an Ulme" antwortete ich ebenso ernst. Die Namensgebung oblag dem Mann. Halver hatte das letzte Wort. Es wäre ein Frevel, wenn ich es bestimmt hätte. Er hob unseren Sohn aus dem Tuch und hielt ihn in Richtung der Schiffe.

„Ich freue mich, euch meinen Sohn Ulme, Halvers Nachfolger, zu präsentieren" schrie er laut. Die Männer jubelten. Halver zog mich stolz an sich. „Ich liebe dich, Mädchen" sagte er und kniff mir frech in den Hintern. Svenja drängelte sich zwischen uns. Liebevoll nahm Halver seine Tochter in den Arm.

Vater hatte Recht, dachte ich. Aus Freunde konnte doch ein liebendes Paar werden.